RUE DES ROSIERS

Paru dans Le Livre de Poche :

L'ÂGE D'AMOUR

CAFÉ-CRIME

LE FILS DE L'HIMALAYA

LA MÉMOIRE DES DIEUX

LE RAJA

LE SEPTIÈME CIEL

LE VOLEUR DE HASARDS

JACQUES LANZMANN

Rue des Rosiers

ROMAN

ÉDITIONS DU ROCHER

Chapitre I

Venant de la station Châtelet où il était descendu, Noam emprunta le quai de l'Hôtel-de-Ville.

Surpris par la circulation qui déboulait, rageuse, dans ce second fleuve de bitume, il délaissa la Seine et prit par la place Saint-Gervais.

Un peu plus loin, il longea le square Couperin et il crut entendre un air connu, une pièce pour clavecin que massacrait quotidiennement Laetitia Roux, la femme de son patron.

Tout en flânant dans ce Paris qui lui était inconnu, Noam se remémorait les moments importants d'un parcours qui l'amenait aujourd'hui à découvrir la capitale. Encore qu'ici le mot « parcours » convînt davantage au trajet accompli qu'aux grandes lignes de l'existence qui vous tracent un homme de sa naissance à son présent.

Pourquoi l'avait-on nommé Noam ? Il n'en savait rien. Peut-être était-ce une idée de la Suissesse milliardaire qui employait ses parents dans la propriété du cap d'Antibes ? Peut-être était-ce la volonté de ses parents, une façon un peu simpliste de se doter, eux, des prolétaires, de quelque lettre de snobisme ?

Mais alors pourquoi pas Arnaud ou Brieux ? Peut-être était-ce pour la beauté biblique ? Pour cette consonance à la fois si douce et si tranchée.

Quoiqu'il en soit, dans le milieu des gens de maison, ça faisait prétentieux et passablement décalé. La faute, si faute il y avait, en incombait malgré tout bien plus à ses parents qu'à leur employeuse.

Logés dans les communs de la demeure, ils avaient cru bien faire de nommer leur fils d'un prénom qui sortait de l'ordinaire et qu'on ne trouvait pas encore dans les feuilletons et les séries télévisées. Jusqu'alors, dans la famille Verner, on n'était jamais sorti des Ginette et des Louisette, des Bernadette et des Germaine, des André et des Marcel, des Raymond et des Pierrot.

Petit, Noam s'était souvent demandé qui, de son père ou de sa mère, après avoir consulté et reconsulté le calendrier des saints, avait eu le dernier mot et opté pour cette ultime illumination pentateutique.

Aucun des deux n'avait été en mesure de lui apporter une réponse claire. Leurs explications s'emberlificotaient ou bien alors cafouillaient selon les moments et les humeurs.

En vérité, les parents Verner évitaient plutôt la question, qu'ils trouvaient embarrassante.

A force, et depuis déjà fort longtemps — il allait maintenant sur ses vingt-six ans —, Noam ne demandait plus rien. Il s'était habitué à son prénom. Il le trouvait singulier. Et puis cet « am » ou cette « âme » précédé d'un « no » ou d'un « non » à caractère négatif ne manquait pas d'exciter la curiosité des gens.

Fils de gardien, Noam fut élevé librement avec les enfants de la richissime Suissesse qui abritait sa famille. Il partageait leurs jeux et leurs jouets. Il avait ses entrées dans la vaste maison. Et même parfois ses sorties quand l'un ou l'autre gosse, et notamment Isabelle, la fille aînée, le remettait à sa place.

Parvenu rue des Barres, Noam s'y engagea résolument sans bien savoir pourquoi. Il laissait faire le hasard. Il n'allait nulle part et personne ne l'attendait.

Un instant il se dit que le destin guidait peut-être ses pas. Et puis, porté par celui-ci, il reprit le cours de ses pensées.

Tout en marchant, Noam passa directement du CM2 à la terminale comme si aucun événement majeur n'avait marqué ses jeunes années. Peut-être les laissa-t-il s'évanouir à l'entrée du Marais ?

Brillamment reçu au bac, Noam dut résister à la pression familiale. On le poussait en effet à entreprendre des études universitaires, une manière, somme toute, de gravir les échelons et d'accéder à un monde de niveau supérieur. Rien que de bons motifs pour des petites gens prêts au sacrifice. Le prix à payer pour s'élever socialement et ne plus servir les autres, quand bien même ces autres auraient des bontés et des égards envers ce cher personnel, cette brave Louisette ; cet excellent jardinier, ce cabochard de Raymond.

Noam refusa. Il avait d'autres intérêts dans la vie que celui d'entreprendre des études et de finir dans l'informatique, la banalité du siècle !

— Fais au moins l'instituteur ! avait dit la mère, ça gagne bien !

— Fais donc prof, avait dit le père, c'est tranquille, y a la sécurité de l'emploi et des tas de vacances !

Noam ne voulait ni la sécurité de l'emploi ni un emploi sécuritaire. Il voulait faire fleuriste, un point c'est tout. Pas fleuriste bêtement. Pas à préparer des bouquets. Pas à proposer des fleurs inodores : des orchidées d'élevage trop fades pour être exubérantes.

Non, ce que souhaitait Noam c'était créer, être à l'origine d'une nouvelle espèce de roses. Être un nouveau Meilland, un Kordes, un Tantau, un Jackson, un Delbard, autant de magiciens et d'inventeurs. Il rêvait de donner naissance, à son tour, à des Sorayas, à des Bettinas, à des Baccarats, à des Ecarlates de Berlin, à des Dorothy Perkins, à des Jiminy Crickets.

Le paradoxe de Noam, c'est qu'il aimait la nature au naturel, l'herbe haute et la ronce, le lierre et le pissenlit, les buissons sauvages, les haies mal taillées, le délire grimpant des bougainvilliers, la sagesse du bouton d'or, les marguerites de prairie, l'aubépine, toutes griffes dehors ; la fougère des fossés. Et tout ce qui poussait librement en désordre.

Il aimait le vent, la poussière levée, l'agitation des plantes secouées jusqu'à la rupture. Il aimait entendre le tam-tam de la pluie sur les feuillages, le bruit mat des grosses gouttes qui martèlent la terre et annoncent l'orage.

Le paradoxe, et Noam en revenait toujours à cette figure, c'est que rien ne se crée dans la tempête en dehors de la tempête elle-même.

Le prélèvement des étamines, l'encapuchonnage du pistil, la fécondation et l'épanouissement du cynorhodon, l'hybridation, le semis et la floraison. Tout cela se conçoit et se poursuit dans la quiétude. Gare aux intempéries, aux éléments déchaînés !

En dehors de l'inspiration, tout est mesuré, calculé, réfléchi.

Pour ce faire, il n'y a pas d'autre issue que d'avoir recours à l'univers artificiel des serres. Elles s'étagent à flanc de colline sur les hauteurs d'Antibes jusqu'à former des sortes de pans neigeux en plein été, tout un étalage de verrières et de carcasses translucides qui luisent et tremblotent au soleil comme des centaines de mirages aux reflets aveuglants.

Sous la serre : le mystère, le secret, la précision. Tout un monde feutré et moite. Toute la science de l'art floral avec ses méthodes et ses codes séculaires.

Noam coupa les ponts mais ne s'éloigna pas vraiment de la famille. Pourquoi chercher ailleurs ce qu'il avait sous les yeux ? Il entra comme stagiaire chez M. Roux, un horticulteur d'Antibes.

Au regard de ce qu'il espérait, les débuts furent décevants. Les stagiaires ne sont pas seulement engagés pour apprendre. Ils doivent aussi faire le sale boulot des apprentis.

Noam tint bon. Il accepta même de faire le ménage chez sa patronne et de nourrir chien et chat contre la promesse de toucher bientôt au saint des saints.

Et il attendit toute une année son affectation au laboratoire.

Là, très vite, on se rendit compte qu'entre la rose et Noam se nouait une véritable passion. Il avait le nez et le cœur, le don, une extraordinaire aptitude à synthétiser l'anecdote et le sentiment à travers d'étonnantes hybridations que tout rosiériste voudrait siennes.

Cependant, parce qu'il était trop brillant, donc jalousé, on s'ingénia à le rabaisser. On le qualifia de

« bluffeur », de « faiseur de vent ». On ne reconnut pas son talent. Pire, son maître en obtention se l'appropria.

Noam ne disait rien. Il se fichait d'être déprécié. Seul comptait pour lui l'infini plaisir de métamorphoser une rose déjà très belle en rose exceptionnelle. D'une princesse, il faisait une reine. D'une reine, il faisait une impératrice. D'une impératrice, il faisait une déesse.

Durant sept ans, l'apprenti modèle remporta titre sur titre par procuration. M. Roux, son patron, courait les concours internationaux et présentait sous son nom les plus belles inventions de son élève. Il les exposa à Bagatelle, à Baden-Baden, à la Royal Rose Society de Londres, et jusqu'à Los Angeles où l'American Rose Selection lui décerna une médaille d'or et deux d'argent.

Les récompenses portaient sur la subtilité des parfums, la soie des pétales, la sélection des bleutés et des gris, la séduction raffinée des pastels, l'élégance de la tige, la perfection des boutons.

Noam vivait heureux. Il n'aurait peut-être jamais appris ce qui se tramait derrière son dos si Mme Roux, une belle Italienne à la peau laiteuse, n'avait eu quelque attirance pour l'apprenti de son mari. Un mari bien plus attentif aux floraisons des jeunes rosiers qu'aux attentes enfiévrées de son épouse.

Mais qui pourrait donc reprocher à M. Roux, horticulteur de père en fils, de mieux connaître le langage des fleurs que le langage des femmes ?

*

Noam laissa la rue des Barres et s'engagea rue Geoffroy-Lasnier. Au numéro 17 s'élève le mémorial du martyr juif inconnu en hommage aux victimes de la folie nazie.

Noam s'arrêta au coin de la rue des Justes et essaya d'imaginer l'indicible : toute cette mémoire de la souffrance, toute cette mémoire de l'horreur concentrée dans un espace proportionnellement aussi réduit lui parut insoutenable. C'est sans doute ce qu'avaient voulu les survivants et les architectes.

Pour Noam, la dernière guerre, c'était de l'histoire ancienne. Et curieusement, cette histoire lui collait tout de même à la peau. Il savait qu'on avait exterminé massivement les Juifs. Il avait vu des films, lu des livres, écouté des témoignages qui traitaient de la question.

Et tout à coup, il se vit là-bas, au milieu des autres enfants. Il était perdu, affolé. Il serrait son jouet contre lui, une grue en Meccano dont il manquait déjà la moitié des pièces.

Chacun des autres enfants tenait dans ses bras un bout de rien et de tout. Les uns une poupée, une peluche. Les autres un livre, une photo, un dessin, une tirelire, une toupie. C'étaient les compagnons du dernier soupir.

A peine débarqué du wagon, aveuglé par la lumière des projecteurs, Noam chercha sa mère, son père.

Yeux exorbités, paniqués par les hurlements et les coups, les autres petits faisaient de même. Ils appelaient au secours, ils lançaient des « Maman », des « Papa » pathétiques. Parfois ils croyaient reconnaître une silhouette, un visage familier. Alors, échappant aux soldats, ils allaient vers celui, ou celle, ce plus grand, cet aîné auquel ils croyaient pouvoir demander : « Où sommes-nous ? Qu'attend-on de nous ? »

Mais les grands n'en savaient pas davantage que les petits. Certains disaient :

— Nous sommes arrivés au pays des cauchemars. Aurons-nous seulement le temps de rêver notre mort ?

D'autres se montraient moins pessimistes :

— Gardons l'espoir. Dieu ne nous abandonnera pas.

Livrés à eux-mêmes, les enfants s'en remettaient à leurs poupées, à leurs oursons, à leurs petits lapins, à ces morceaux de monde familiers qui leur rappelaient la maison. Plus rien d'autre ne comptait pour eux que ces dérisoires joujoux emportés machinalement, au dernier moment.

Noam se ressaisit. Son imagination lui jouait des tours. N'était-il pas en train de s'inventer une mémoire ? Peut-être, mais ça ne l'empêchait pas de la vivre dans sa chair. Et cette mémoire-là, celle qui décrivait l'égarement des enfants face aux brutes, comme devant leur propre agonie, aucun monument ne pourra jamais en rendre compte. A la pierre, au béton, il faudrait ajouter toutes les sonorités de la tragédie : la frayeur, les pleurs, les supplications, toutes les grimaces de l'horreur.

Chamboulé, Noam s'éloigna et pressa le pas comme pour mettre suffisamment de distance entre ce qu'il ressentait du passé et son état présent. Le présent, c'était celui d'un jeune homme d'aujourd'hui, davantage concerné par des problèmes de société et d'écologie que par les massacres des temps jadis. Ça ne l'empêcha pas d'envoyer, tout en marchant, une sorte de message télépathique à l'obtenteur Michel Kriloff, un vieux de la vieille, lequel après avoir créé la Maréchal Leclerc, le summum en matière de rose semi-double, une vingt-cinq pétales, inventa la Ravensbrück, une cinquante pétales dite très double, en hommage aux femmes résistantes déportées dans ce camp.

Noam trouvait l'intention aussi belle que cette rose rouge. Après tout, se dit-il, ne devrait-on pas honorer plus souvent les martyrs de toutes les barbaries et faire, pour certains, un geste à la Kriloff ?

Bien qu'irréaliste, l'idée lui plut. Les ONG allègent la détresse des miséreux et alertent l'opinion publique sur le sort des affamés et des opprimés. C'est plus délicat d'offrir une rose à des gens qui ont faim.

Noam traversa prudemment la rue de Rivoli et s'engagea dans la rue des Ecouffes. Il pensait encore à Kriloff. L'idée d'une rose dans la main d'un torturé le séduisait tout de même.

Il était arrivé à Noam de donner pour les Kosovars, pour les Kurdes, pour les enfants cambodgiens et roumains. La même chose pour le Téléthon. Et il tenait ses promesses. Pour Greenpeace, il se fendait carrément de mille francs par an. Greenpeace s'efforçait de sauver la planète de la pollution humaine. Ses actions spectaculaires et militantes, ses coups de poing contre les voyous de l'environnement plaisaient à Noam. Une fois, il était allé à Toulon soutenir une dizaine de jeunes gars aux grilles de l'Amirauté pour cause de fuite sur un sous-marin nucléaire. Lui, il avait apporté une pleine camionnette de chrysanthèmes et jeté à la mer ces fleurs de tombe.

Du quai, on l'avait applaudi. D'un porte-avions, des torpilleurs, on l'avait sifflé.

Il revivait la scène quand il croisa, surpris, un groupe de religieux, des hommes en long manteau noir avec de longues mèches de cheveux qui dépassaient des chapeaux. Ils marchaient vite, en tirant par la manche des gamins qui leur ressemblaient.

Noam s'en amusa. Pour rire, il imita la démarche des rabbins et alla ainsi, derrière eux, jusqu'au prochain croisement.

*

Incroyable ! Le hasard l'avait guidé rue des Rosiers. Il n'en revenait pas. Pour un obtenteur, c'était une sacrée rencontre. Il regarda à droite, à gauche. Il chercha à deviner comment le soleil se faufilait autrefois entre les toitures d'une rue si exiguë. Puis il imagina la même rue sans boutiques, sans immeubles. Il vit alors une venelle tranquille faite de palissades et de cahutes auxquelles s'accrochaient églantiers et sarmenteux. Ainsi devait être cette ruelle voici un millier d'années dans le Paris médiéval de Philippe Auguste.

Il resta un moment, tout sourire, à remercier le ciel de l'avoir conduit jusqu'ici. Il était en face du numéro 34. Il remonta la rue en flânant. Il s'étonnait des gens, des vitrines. Pris par l'ambiance, il alla ainsi jusqu'au numéro 2 et l'examina. C'était un immeuble comme les autres, un quatre étages mansardé.

Au rez-de-chaussée, Lolita Lempicka voisinait avec une épicerie fruits et légumes.

Il resta un moment rêveur à l'angle de la rue Pavée. Un rabbin pressé le frôla. Il sourit et continua à observer. Rien de particulier ne l'attirait. Il chercha même à savoir pourquoi il s'était arrêté devant le numéro 2.

Il n'y était jamais venu. C'était comme ça, un pressentiment, quelque chose d'inexplicable.

*

Sortant de chez elle, Charme remarqua l'étrange attitude du jeune homme. Elle salua de la main une vendeuse et ne put s'empêcher de jeter un regard dans la vitrine. Là, au milieu des robes vaporeuses, elle avait maintenant le reflet du jeune homme. Il se tenait sur le trottoir d'en face et examinait l'immeuble avec sérieux.

Elle eut un pincement au cœur.

Curieux pressentiment, tout à l'heure encore, au lieu de fermer sa porte à clef, elle n'avait fait que la tirer.

Elle agissait ainsi quelquefois en quittant son appartement. L'autre, celui qu'elle attendait, devait pouvoir y entrer à sa guise sans même sonner. Il était chez lui. Enfin, pas tout à fait, elle était chez lui.

Elle continuait à le regarder dans la vitre. Elle le trouvait mignon, un peu gauche malgré un beau visage ouvert. Etait-il, ce jeune homme du trottoir d'en face, celui que l'on attendait depuis toujours dans la famille ? Certes, l'âge ne correspondait pas. Trois générations s'étaient succédé depuis la rafle du Vel d'Hiv. Mais pourquoi les disparus n'auraient-ils pas le droit de réapparaître sous d'autres traits ? Pourquoi les « portés disparus » devraient-ils disparaître à jamais comme ces morts impalpables dont on ne retrouve jamais trace ?

Rue des Rosiers, il n'y eut qu'une poignée de survivants. Ils avaient fait valoir leurs droits en s'excusant presque d'être de retour des camps.

Charme connaissait leur histoire. Elle était, à elle seule, la mémoire de la rue des Rosiers. Douze ans déjà qu'elle travaillait à l'écriture d'un ouvrage monumental. Il relatait les drames qui s'y étaient déroulés tout au long des siècles : mille ans de persécutions pour quelques courtes périodes de répit.

Rien de ce qui touchait à la rue des Rosiers, et antérieurement à la rue des Juifs, comme à l'impasse Coquerelle, la rue Pavée, la rue des Hospitalières-Saint-Gervais, la rue des Francs-Bourgeois, la rue Mahler et toute autre rue du quartier, n'avait échappé à la vigilance de l'écrivain.

Il était 13 heures 15 ce 22 avril 2001. Une date, une heure, comme une autre. Un jour de pluie et d'éclaircies. Un ciel plombé qui se dégageait tout à coup sous la poussée du vent et montrait des dessous un peu moins chiffonnés.

Charme s'apprêtait à sortir de chez elle. C'était ce besoin de prendre l'air auquel tout écrivain aspire quand la feuille blanche se hachure de mystérieux pense-bêtes et de notes entre guillemets et parenthèses. Quand ça cafouille sur le papier, c'est que ça ne va pas dans la tête, pensait Charme. Et quiconque penché sur l'épaule de cette frêle personne aurait pu constater le bien-fondé d'une telle assertion.

Dans ces instants où les mots refusent de s'aligner, quand les idées tournent en rond sans vraiment s'imposer, mieux vaut laisser son écrit mûrir de lui-même et quitter la maison.

Pour Charme, ce genre d'entracte ne s'apparentait guère à une promenade de santé. Une fois dans la rue, elle recommençait à se quereller avec les mots et les idées. Parfois, en marchant, elle obtenait de bons résultats. Quelquefois, au contraire, elle tournait autour du vide.

En ce début d'après-midi, alors qu'elle arrivait maintenant devant la librairie Bibliophane au numéro 26 de la rue, Charme s'arrêta et fit semblant de choisir un bouquin à l'étalage. En réalité, elle surveillait le jeune homme du coin de l'œil. Il avançait nonchalamment sur le trottoir d'en face. Elle avait l'impression qu'il la regardait. Et quand l'impression se confirma, elle se sentit un peu perdue. Elle eut honte de son allure excentrique. Elle avait gardé son vêtement de soie noire, sorte de pyjama lâche qu'elle portait pour travailler à l'aise. Chaussée de baskets non lacés, coiffée mi-court, le crâne ceint d'un serre-tête, elle montrait un visage sensible aux traits réguliers.

Il remarqua les yeux bleu-gris, légèrement creusés, le nez court aux ailes impeccablement dessinées. Il lui trouvait le teint pâle, les pommettes légèrement enfiévrées.

Malgré lui, il pensa métier et compara cette inconnue à la Jaïpur, une rose rouge semi-double que l'on doit cueillir à l'indienne, de deux doigts, en pressant l'ongle contre la tige.

Charme guettait l'attitude du jeune homme. Elle se disait qu'il connaissait son prénom et qu'il lui déplaisait. Elle devrait alors se justifier, lui expliquer pourquoi « Charme ». Deviendrait-il compréhensif ? Montrerait-il quelque indulgence ?

Contrairement à ce qu'on pourrait croire, il n'y eut ni coquetterie, ni snobisme dans le choix du nom.

Ce fut plutôt une sorte de reconnaissance posthume rendue à Chaïm Rosenweig, l'ancien propriétaire de l'appartement que Louis Delestaing, le fils de Charles, occupait encore avec sa femme Camille dans les années soixante-dix.

Bien avant la naissance de leur fille, ils avaient déjà comploté à propos du prénom. De Chaïm, ils avaient conservé quatre lettres sur cinq. Et comme ça ne donnait rien de bon, à force de chercher quelque chose de joli, ils avaient ajouté à ces cinq lettres le « r » de Rosenweig et l'un des deux « e ». Le tout, un peu secoué, donna Charme.

Satisfaits, ils baptisèrent ainsi leur fille.

Une chance, le prénom porta aussi bien l'enfant que l'enfant porta le prénom. Comment imaginer l'inverse : un mot si gracieux sur un visage disgracieux.

Charme reposa le livre et adressa un sourire paniqué à la libraire, une amie d'enfance.

Au même moment Noam traversa la rue et vint jusqu'à l'étalage.

Le cœur de Charme s'accéléra. Cette fois tout concordait, l'un des jumeaux était de retour.

Chancelante, elle se réfugia dans la librairie.

Elle dit :

— Qu'en penses-tu, Rachel ? C'est bien le fils de Chaïm, n'est-ce pas ?

Rachel, une petite bonne femme vive et intelligente, observa le jeune homme. Il farfouillait distraitement dans le casier « Livres de poche ».

Elle dit :

— Ecoute, ma chérie, je vais te décevoir une fois

de plus mais aujourd'hui les jumeaux Rosenweig auraient au moins soixante ans.

— D'accord, répondit Charme en tremblant. Mais ils ont peut-être eu des enfants ?

— Des enfants nés de parents morts ! Ça ne s'est encore jamais vu, répliqua Rachel en tapotant gentiment la joue de Charme.

Puis, elle ajouta :

— Vois-tu, ceux que tu attends et qui t'accaparent tellement ne vivent qu'à travers la fable que tu leur as prêtée.

La voyant déroutée, elle reprit :

— Voyons, Charme, tu devrais t'enlever cette histoire de la tête. Plus d'un demi-siècle s'est écoulé. Alors maintenant, c'est une certitude, personne ne reviendra !

Rachel regarda Charme partir. L'élégance, le laisser-aller suranné de la jeune femme contrastaient avec sa personnalité. En apparence, elle donnait d'elle-même une image positive. On l'imaginait affirmée, tranquillement heureuse.

En profondeur, elle était instable, maladivement culpabilisée.

Pour l'avoir entendue et raisonnée plus que le nécessaire, Rachel n'ignorait rien des secrets de la famille Delestaing.

D'abord Charles, le grand-père. En 1942 il habitait un deux pièces rue Mahler. De là, peut-être, vient la faute de Charme. Avec Mahler on peut faire malheur.

Charles réparait des TSF. Rue Mahler, il était à l'étroit. Il voulait trouver plus grand mais n'en avait pas les moyens. Un jour, le destin donna un coup de pouce : la grande rafle de juillet 1942 libéra des appartements occupés par des Juifs.

Ayant visité plusieurs logements vacants, Charles quitta la rue Mahler et vint s'installer au 2, rue des Rosiers dans un trois pièces appartenant aux Rosenweig. Toute la famille avait été raflée, y compris les jumeaux de onze mois.

Outre l'appartement, Charles occupait l'atelier du fond de la cour.

Blessé en 1940 et rapatrié à Paris, il avait échappé au stalag. Il traînait encore un peu la jambe en montant les étages mais ça ne l'empêchait pas de se considérer comme chanceux.

Très vite le réparateur de TSF développa son affaire. Il vendait des postes radio habillés par lui-même et proposait, à bon prix, des phonographes de sa fabrication.

En octobre 1943, Charles épousa Marion d'Aubigny, une orpheline tourangelle. Neuf mois plus tard Louis vint au monde dans un Paris tout juste libéré où l'on vivait des jours de liesse. Peu à peu les informations circulaient. Les sourds entendaient à nouveau. Les aveugles retrouvaient la vue. On apprenait les désastres de la guerre, on découvrait l'ampleur du génocide.

De même que la plupart des Français, les Delestaing apprirent, stupéfaits, l'existence des camps de la mort. A vrai dire leurs sentiments étaient partagés. D'une part, le chagrin et la pitié, l'espoir que les Rosenweig auraient échappé à ces horreurs. De l'autre, on craignait leur réapparition : réclameraient-ils des indemnités ? Exigeraient-ils de réintégrer leur appartement ? La loi en vigueur restait floue.

Charles n'était pas rassuré. Il voulait savoir ce

qu'il était advenu des Rosenweig. Il voulait surtout avoir le cœur net, la conscience tranquille.

Dès qu'il le pouvait, il se rendait à l'hôtel Lutétia. C'était là, dans ce bâtiment 1910, face au Bon Marché, anciennement « Au bonheur des dames », que l'hôtel débarrassé de ses occupants allemands accueillait maintenant les rescapés des camps.

Mais comment reconnaître les siens parmi tous ces fantômes hagards qui flottaient dans leur pyjama rayé ? Hâves, squelettiques, ne réalisant qu'en partie ce qui leur arrivait, on attendait d'eux qu'ils manifestent quelque signe de reconnaissance. Les autres, ceux qui étaient restés, n'avaient guère changé.

A plusieurs reprises, Charles crut apercevoir Chaïm Rosenweig. A moins que ce ne soit Chaïm Rosenweig qui ait cru reconnaître Charles Delestaing. Il suffit parfois d'un regard appuyé pour que la mémoire se court-circuite.

Les deux hommes se connaissaient. Ebéniste, Chaïm était réputé dans tout le quartier. Et comme tout ébéniste, il vendait sa sciure et ses copeaux. Ça servait à allumer les poêles et à faire démarrer les mirus.

Chaïm ne vendait pas que des copeaux. Parfois, il se débarrassait d'un morceau de bois rare, du palissandre, du citronnier ou de l'acajou, avec lequel Charles revêtait un vieux poste démodé.

Charles Delestaing attendit en vain.

Chaïm n'était plus de ce monde. Il était parti en fumée et retombé, poussière de suie, sur le toit des baraquements. L'hiver, quand ça brûlait à corps perdu, il pleuvait de la neige noire autour des crématoires.

Au Lutétia, il y avait d'autres Chaïm qui cherchaient d'autres Charles. Et d'autres Charles qui cherchaient d'autres Chaïm. Tout cela donnait autant de regards tendus que de regards perdus. Autant d'émotion que de confusion. Pour une retrouvaille silencieuse, pour l'un de ces bonheurs bégayants, il y eut des milliers de ratés, des dizaines de milliers de manques. Rien que des vides à combler. Rien que ses yeux pour pleurer.

Seuls quelques rescapés des camps revinrent au quartier. Ils restèrent discrets, silencieux. Personne ne les interrogeait. On devinait leur longue absence peuplée de visions d'horreur.

Ils étaient les revenants du cauchemar, des êtres venus d'un ailleurs innommable. Ils avaient survécu aux années noires, aux jours sans soleil.

Meurtris, coupables d'être revenus, ils se taisaient devant les vivants. Et les vivants, à vrai dire, s'en méfiaient car ils respiraient encore la mort et ils en avait toujours l'odeur.

Et à cette odeur de mort que dégageaient les rescapés, il fallait ajouter le remords d'être là, aujourd'hui, parmi les vivants, si loin des leurs, perdus à jamais et qui n'en finissaient pas d'agoniser en eux.

Rachel a l'âge de son amie, trente-deux ans. Elle n'a pas connu Charles Delestaing. Peu avant sa naissance, le grand-père de Charme s'était fait renverser par un camion sur une route de campagne.

Au soir de l'enterrement, Manon, la fidèle épouse, se confia à Louis, son fils, lequel avait repris l'affaire familiale et lui fit part de ses peurs :

— Je pense que ton père a été assassiné.

Louis, qui allait lui-même être père, mit cette

confidence sur le compte de la douleur. Cette histoire d'assassinat ne tenait pas debout. Dans ce village de l'Oise où ils avaient pris leur retraite, les Delestaing étaient estimés de tous. Et tous d'ailleurs les avaient mis en garde contre les betteraviers, qui roulaient à tombeau ouvert en traversant le bourg.

Manon insista :

— Il y a comme une malédiction sur nous. Je le sens. Les jumeaux crient vengeance !

— Vengeance de quoi ? s'écria Louis, nous n'y sommes pour rien.

Et comme sa mère n'en démordait pas, Louis s'emporta :

— Voyons maman, qu'avons-nous fait de mal aux Rosenweig ? Les avons-nous dénoncés ? les avons-nous évincés ? Papa n'a-t-il pas attendu leur retour ? Tu sais comme moi que nous aurions déménagé aussitôt et que nous les aurions aidés à redémarrer dans la vie !

— Peut-être, répondit Manon en s'effondrant, peut-être, mais ton père n'aurait pas dû voler ces gens !

— Mais nous n'avons pas volé. Nous aurions tout restitué, et tu le sais bien !

— Je sais une chose, Louis, c'est que les jumeaux ne nous ont pas quittés d'une semelle et qu'ils nous ont maudits car nous les avons empêchés de vivre. Rends-toi compte, on était là sans arrêt avec eux, sans arrêt à faire du bruit, sans arrêt à se plaindre...

Louis regarda sa mère d'un air chagrin. De quoi parlait-elle ? De quels jumeaux s'agissait-il ? Il se dit qu'elle délirait. Et puis, alors qu'il se préparait à regagner Paris dans sa DS blanche, elle lui révéla :

— Tu ne sais pas tout, Louis. Ton père et moi t'avons caché la vérité.

Louis devint pâle. Pour un rien, d'ordinaire, il faisait une chute de tension. Cette fois-ci, il faillit s'évanouir et réussit tant bien que mal à s'asseoir.

Manon continua :

— Au sujet des enfants, nous avons reçu deux visites. D'abord en mars 1950. Et puis trois ans plus tard, en août 1953.

— Des enfants ! répéta Louis, vraiment sonné. Quels enfants ?

— La première fois, tu n'avais que cinq ans. La seconde, tu allais sur tes huit ans. Nous avons préféré garder le secret pour nous seuls.

*

Charme continuait son tour de quartier. Ceux du Pletzel la connaissaient. Tous, ou à peu près, la saluaient d'un geste ou d'un sourire.

De temps à autre, elle s'arrêtait et se retournait. Le jeune homme ne la suivait pas. Devait-elle s'en féliciter ou au contraire le regretter ? Franchement, elle ne savait que penser !

Tout en marchant, elle imaginait Louis, son père, complètement abasourdi, apprenant comme cela, tout de go, l'existence des jumeaux Rosenweig.

A l'inverse de sa mère, Louis s'était aussitôt débarrassé du secret. Il était trop lourd à garder, trop effrayant à porter seul.

A peine rentré à Paris qu'il le partageait avec Camille, sa femme.

Contrariée, choquée, enceinte de huit mois, Camille accouchait prématurément de Charme. Et

Charme, en âge de comprendre, fut mise, à son tour, dans le secret...

*

Le 12 mars 1950, un jour de giboulée à ne pas mettre un chien dehors, un homme s'était présenté, trempé comme une soupe. C'était un gaillard impressionnant, dans les un mètre quatre-vingt-quinze, peut-être même deux mètres ou plus.

Il tenait son chapeau à la main, il dégoulinait de partout. Et en s'excusant pour cette flaque d'eau sur le palier, il avait demandé avec un fort accent polonais :

— Je suis bien chez Chaïm Rosenweig, n'est-ce pas ?

Charles et Manon se jetèrent un drôle de regard. Et Charles répondit d'un air gêné :

— C'est que M. et Mme Rosenweig ne sont pas encore revenus des camps.

— Bien sûr, dit l'homme en hochant la tête. Et malheureusement, ils ne reviendront jamais plus !

— Entrez donc ! proposa Manon, bouleversée, c'est horrible ! Nous gardions malgré tout l'espoir de les accueillir un jour ou l'autre.

Sincèrement peiné, Charles proposa :

— Quittez donc votre manteau, on va le mettre à égoutter dans la salle d'eau.

Le géant quitta son manteau. Dessous, il portait encore ses habits de déporté.

Devant l'étonnement du couple, il dit :

— Vous ne me croirez peut-être pas, mais je ne me sens bien que dans ce genre de vêtements. Evidemment, ça surprend mais, de toute façon, par un temps sec, y compris l'été, je ne quitte jamais mon pardessus. Mes os ont pris froid là-bas et je ne parviens plus à les réchauffer.

Manon, qui ne pouvait cacher son trouble, sortit du buffet un reste de calva et deux verres.

L'homme ne refusa pas. Assis, il dépassait Charles de deux bonnes têtes.

Le visage émacié, les sourcils en broussaille, il paraissait avoir dans les trente ans.

Manon remarqua les longues mains aux doigts bleuis. Elle s'interrogea. Pourquoi revenait-il seulement maintenant de là-bas ? *Là-Bas*, bien sûr, c'était le monde que tous essayaient d'oublier.

L'homme avala son verre d'un trait, à la russe, et fit claquer sa langue. Il scruta alors ses vis-à-vis d'un regard soutenu et dit :

— Je recherche les jumeaux Rosenweig. Avez-vous eu de leurs nouvelles ?

— Les jumeaux ! répéta Charles sans bien comprendre, vous voulez dire les deux bébés ? Mais ils ont été arrêtés en même temps que les parents !

— Pas du tout, trancha l'étranger. Le jour de la rafle, ils étaient chez une voisine non juive.

— Une voisine ? interrogea Charles d'un air étonné, vous êtes certain ?

— Tout à fait certain. Il s'agissait de Mme Zelasny.

— Rosa Zelasny ? balbutia Charles.

— Oui, c'est cela, Rosa Zelasny. Elle habitait l'appartement d'en face, un deux pièces. C'était pratique, elle s'occupait des petits, elle les sortait, elle les gardait.

Charles risqua :

— Je n'ai pas connu Mme Zelasny, mais d'après ce que l'on en dit, je crois bien qu'elle était juive.

— Pas du tout, rectifia l'étranger, sa mère était chrétienne.

— La pauvre ! soupira Charles, ça ne les a pas empêchés de venir l'arrêter.

— Oui, je sais, dit l'homme, en grelottant de froid, mais ils n'ont pas embarqué les enfants !

Marion ne saisissait pas. Elle était arrivée plus tard dans la vie de Charles et n'avait pas connu les Rosenweig. Elle demanda :

— Mais d'où tenez-vous vos sources ?

— Des intéressés eux-mêmes, madame, répondit Abraham Seltzer. Je les ai connus au camp et je les ai vus mourir. J'ai promis, si j'en réchappais, de m'occuper de leurs enfants.

Et Marion frissonna. Tout cela ne lui disait rien de bon. Voilà qu'ils étaient brutalement concernés par les atrocités nazies. Et celles-ci tombaient sur eux comme la foudre.

Du haut de ses deux mètres, impressionnant dans son pyjama rayé, Abraham Seltzer leur en imposait. Il s'expliqua :

— Avant Auschwitz, il y a eu Drancy. Grâce à des complicités, la voisine parvint à faire passer plusieurs messages. Les jumeaux allaient bien, ils étaient chez elle et attendaient l'éventuel retour des parents.

Chaïm réussit à contacter la voisine. Il la suppliait de cacher les enfants et de les emmener à Pontoise, chez sa sœur.

Le géant s'épongea le front d'un mouchoir pas très propre et ajouta :

— Or il semble que les jumeaux ne soient jamais arrivés à Pontoise.

Puis s'adressant tout à coup à Charles, il demanda :

— Etes-vous sûr de ne jamais avoir vu Rosa Zelasny ?

Charles parut gêné. Il hésita et dit :

— Voyez-vous, monsieur, avant qu'on ne rafle ces malheureux Juifs en juillet 1942, j'habitais un deux pièces rue Malher. J'ai emménagé dans cet appartement en octobre de la même année et Mme Zelasny n'habitait plus en face.

Marion précisa :

— Son deux pièces est resté inoccupé jusqu'en 1946. Pas le moindre signe, ni lettre, ni téléphone. Rien ! Et puis un jour, quand mon fils est né, on a voulu s'agrandir, alors nous avons pensé que nous pourrions jouir de ce logement quitte à le rendre à celui ou celle qui le réclamerait.

— Quel âge a votre fils ? demanda l'étranger.

— Il va avoir quatre ans.

— Et les jumeaux, demanda Marion, quel âge auraient-ils aujourd'hui ?

— Vous ne devriez pas les condamner aussi catégoriquement, répliqua l'homme. Aujourd'hui, où qu'ils soient, et je les espère en bonne santé, ils ont un peu plus de neuf ans.

Marion se trouva bête. Un simple lapsus faisait d'elle un croque-mort.

Pour se rattraper, elle dit :

— Vous parlez très bien le français.

— Je parle huit langues, répondit le géant. Je suis même agrégé d'allemand. Quant au français, je l'ai appris dans le Tarn, du côté d'Albi.

Charme se disait qu'elle tenait sa mauvaise conscience de la grand-mère Marion. D'ailleurs toutes les femmes de la famille, y compris Camille, sa propre mère, avaient ressenti le drame des jumeaux jusque dans leurs entrailles.

Pour Charme, c'était différent car avec le temps, le mystère de l'absence s'était mué en un phénomène de présence. Les jumeaux étaient avec elle et autour d'elle. Ils partageaient sa vie. Ils faisaient même partie de la promenade, comme aujourd'hui.

Rue Vieille-du-Temple, rue des Francs-Bourgeois, rue des Rosiers, les boutiques, les gens se ressemblaient.

Charme n'éprouvait guère de sympathie pour tous ces magasins de fripes aux vitrines uniformisées.

En dix ans, le quartier s'était transformé en une autre sorte de ghetto. Les magasins chics remplaçaient les bougnats. Les stylistes homosexuels bousculaient les rabbins et empiétaient même sur les yeshivas.

C'était comme si toutes les rues adjacentes, y compris la sienne, étaient brusquement passées du poussiéreux et du traditionalisme judéo-goy à quelque chose d'authentiquement inauthentique où survivaient malgré tout un ou deux as du falafel, quelques champions du cornichon russe et du hareng gras dans leurs établissements d'autrefois.

Mais pour une charcuterie et un délikatessen encore dans leur jus, combien de salons de thé relookés, combien de restos à la mode, combien de designers, combien de japonaiseries ! Certes, tout cela sentait l'élégance, le goût, la classe, un certain savoir-faire avec du peu et beaucoup d'esbroufe.

Charme se disait que l'attentat de la rue des Rosiers, en août 1982, avait été fatal à la rue elle-même.

Blessée, meurtrie, atteinte au cœur et aux tripes, elle était soudainement sortie de son passé, comme une rivière en crue, et elle avait débordé d'une nouvelle vie inondant le quartier de cette sorte de résurrection qui s'emparait d'elle-même.

C'était à qui voulait la voir, à qui venait lui rendre hommage. Alors, elle s'est faite à l'image des visiteurs et elle s'est laissé squatter par les nouveaux marchands du Temple. Ils étaient jeunes et chic, branchés, bien ciblés, et même un peu décalés.

Maintenant, il y a toujours la librairie de Rachel. Toujours quelques charcuteries et boucheries cashers. Toujours des maîtres en Talmud qui enseignent dans des yeshivas coincées entre Lolita Lempicka et Issey Myake. Toujours des loubavitch un peu perdus entre le Home Sushi Mika et Harriet de Trag, et toujours Jo Goldenberg, immuable malgré les nouveaux conquérants d'Une affaire de femmes et Häagen Dazs, le glacier.

Et face, au restaurant de Jo, à la place des numéros 12 et 14 passés à la trappe, il y a le trou. Un grand vide bientôt transformé en HLM. Ici, plus de nom. Plus de mémoire. Les morts se sont écroulés avec l'immeuble sous le choc des bulldozers. Il n'y a que Charme pour s'en souvenir. Elle a dressé la liste des déportés. A force de chercher, de compulser, elle a mis un visage, une âme sur les noms.

Au numéro 12, il y avait Rosette Lewkowicz,

douze ans. Convoi 22 du 21 août 1942. 1 000 déportés. 7 survivants.

Marie Toboul, la concierge, quarante-cinq ans. Convoi 48 du 13 février 1942. 1 000 déportés. 12 survivants.

Au numéro 14 : les trois Merkier.

Esther, deux ans. Convoi du 21 août 1942. 1 000 déportés. 7 survivants.

Henri : sept ans. Même convoi.

Branla : trente-six ans. Mère d'Esther et d'Henri. Même convoi. Même horreur.

Au 14 encore : les deux enfants Wajnvwaig.

Victor, deux ans et demi. Convoi 68 du 10 février 1944. 1 500 déportés. 42 survivants.

Paulette : trois mois. Même convoi. Pas de pitié pour les bébés. Morte durant la transportation.

Au 14, il y avait aussi Claude Sarfati, neuf ans. Convoi 51 du 6 mars 1943. 1 000 déportés. 5 survivants.

Mandel Rainsztain : trente ans. Boulanger. Même convoi. Même abomination.

Charme s'était dit qu'il faudrait apposer une plaque commémorative à l'entrée du nouvel immeuble.

La vie avait repris. En dépit des transformations et des modes, la rue des Rosiers conservait une sorte d'équilibre. On comptait presque autant de traiteurs, de pâtissiers, de charcutiers, de cafés qu'auparavant. Il y avait même un fleuriste, « La Rose du désert », discrètement placé entre des couturiers chic et choc, des créateurs et des designers japonais. Ça n'empêchait pas les petits commerces, les galeries, les gadgeteries qui se développaient pour un temps de disparaître aussi vite. On y vendait des objets de culte, du bon et du meilleur marché. Parfois même, en pleine rue, un camelot proposait à la sauvette de la poussière de pierre. Pas n'importe quelle poussière. Pas n'importe quelle pierre. Celle-ci était authentifiée « mur des Lamentations » par un soi-disant rabbin de Jérusalem.

Au numéro 16, le café des Psaumes ne désemplissait pas. La même chose au 21 chez Mi Va Mi, le spécialiste du falafel. Les mêmes clients s'arrêtaient volontiers chez Häagen Dazs pour y déguster une glace autorisée par le rabbinat.

Tout récemment, non loin de l'Ecole du travail fondée en 1852 pour les jeunes Juifs étrangers, la Française des Jeux s'était dotée d'un PMU ultramoderne où l'on pouvait suivre les courses en direct tout en buvant un petit blanc casher.

Bien entendu le nouveau visage de la rue des Rosiers n'était pas apparu en un seul été. De figures, d'allure, la rue en avait changé de nombreuses fois. De Philippe Auguste à Charles de Gaulle et François Mitterrand, en passant par la Révolution, l'Occupation et l'exode des pieds-noirs, on avait assisté à bien des chambardements, à bien des interdictions, à bien des procès, à bien des boucheries et des massacres.

Plusieurs fois, la rue fut brûlée, rasée et reconstruite. On la prolongea, on la réduisit. Et puis on finit par l'interdire aux Juifs dans les années 1380.

En réalité, la rue des Rosiers n'a jamais été tout à fait juive. Aux XIVe et XVe siècles, elle était même entièrement goy. Une rue comme les autres en somme, avec ses échoppes, ses camelots, ses commerçants, ses travailleurs, ses pauvres, ses mendiants.

Et pourtant, malgré l'interdiction formelle d'y habiter, et même de s'y montrer, quelques Juifs, une poignée peut-être, n'en sont jamais partis. D'autres, en provenance d'Alsace, de Bordeaux, de Provence, de Pologne, de Russie, de Lituanie, et de tous les ailleurs comme de toutes les diasporas, y ont transité. Les uns vivaient cachés, terrés dans les caves, ne sortant que la nuit. Les autres changeaient d'apparence. Ils s'habillaient comme la multitude et se fondaient dans la foule.

Charme s'engagea rue Pavée. Dans un instant, comme chaque après-midi, elle bouclerait son tour de quartier. Elle chercha le jeune homme du regard.

Peut-être s'était-il dissimulé sous un porche ? Peut-être l'attendait-il sur le palier ? Peut-être qu'elle se trompait ? qu'il n'était pas celui qu'elle espérait. Elle s'efforça de ne plus y penser.

Charme habitait au 2, rue des Rosiers. Un immeuble qui avait aussi son entrée au 13 de la rue Pavée.

Marcher l'avait apaisée. Elle n'en restait pas moins en ébullition et il lui tardait de reprendre la rédaction de l'ouvrage en cours.

Elle n'était pas très contente de sa description du quartier. Elle pensait, à juste titre, que si l'attentat du mois d'août 1982 eut pour effet d'assassiner cette rue des Rosiers jusqu'alors si traditionnelle, les événements d'Algérie, avec l'immigration en masse des pieds-noirs, l'avait déjà ressuscitée bien avant l'attentat.

Au lendemain de la Seconde Guerre mondiale, la rue ne retrouvait pas son souffle. Trop d'absents. Le long des trottoirs on croisait, de mémoire, davantage de fantômes que de vivants. La rue elle-même se mourait de ne pouvoir faire ses deuils. Quelque quinze ans plus tard, on peut dire que la guerre d'Algérie sauva la rue des Rosiers. En effet, outre ceux du Maroc et de Tunisie, les pieds-noirs d'Algérie apportèrent un sang nouveau à cette rue des Rosiers. Leur chaleur, leur manière d'être, leur accent, leur turbulence chassèrent cette langueur qui étreignait la rue. En un rien de temps, la vie eut raison de cette odeur de mort qui traînait encore d'habitation en habitation. Normal, il y eut tant de gens arrêtés, tant de personnes exterminées.

Pas un immeuble qui ne fût épargné :

Au numéro 3, toute la famille Zlotnik. Cinq personnes.

Au numéro 4, Ecole du travail pour apprentis juifs, siège de l'Ugif, 21 déportés, le plus âgé avait 19 ans.

Au numéro 15, la famille Goldenberg, six personnes.

Et encore Isaac Baranoff, Maurice Wenger.

Non loin, à quelques toits de distance, ce fut l'hécatombe. Les autobus se remplissaient.

Rue des Ecouffes, rue du Roi-de-Sicile, on entendait les cris, les pleurs, les supplications des mères et des femmes enceintes.

Rue Pavée, Alex Trauger se jeta par la fenêtre. Sa femme le suivit. Tous deux s'écrasèrent par terre.

Au 9 de la rue Malher, le docteur Abraham Weis s'injecta du chloroforme dans les veines et s'endormit pour toujours.

Au numéro 6, un étudiant en mathématiques, Jacques Nasaum, se pendit dans sa mansarde.

Au 12, la police embarqua un mort. On l'enveloppa dans des couvertures et on le cala, debout, parmi les vivants, sur la plate-forme arrière de l'autobus.

Rue des Hospitalières-Saint-Gervais, cent soixante-cinq écoliers du primaire furent tirés de leur lit et entassés dans un bus avec leurs professeurs. Aucun ne reviendrait de ce voyage au bout de la nuit.

Dans les rues, comme par les fenêtres, des gens approuvaient ces arrestations et manifestaient bruyamment leur contentement.

D'autres, au contraire, s'en indignaient. D'autres encore s'interposaient entre les policiers et les personnes qu'ils embarquaient.

Les matraques, les coups de pèlerine pleuvaient.

Rue des Rosiers, pas un porche qui n'ait vu s'engouffrer la force publique. Pas un escalier qui n'ait vu débouler des gosses affolés, des vieillards hébétés.

Cent cinquante-huit arrestations. Cent cinquante-cinq gazés. Trois rescapés.

*

Le jeune homme n'attendait pas sur le palier. Charme poussa la porte. Il n'était pas non plus à l'intérieur.

Dépitée, elle s'installa devant son ordinateur. Le bureau croulait sous les livres et les documents.

Pensive, elle effleura le clavier d'un doigt hésitant. Elle tardait à frapper. Ça ne venait pas comme d'habitude. Dès qu'elle formait une phrase, elle la perdait aussitôt.

Elle ne s'en inquiétait pas. Elle était sujette au vide soudain, à l'omission par distraction.

A vrai dire, cet après-midi-là, Charme n'était pas à son ouvrage. Elle était perdue dans ses songes. Elle voyageait, solitaire, au cœur de son obsession...

*

A la troisième tournée de calva, ayant bu cul sec et claqué de la langue d'aise, le géant prit congé des grands-parents de Charme.

Dans l'escalier il croisa Louis qui rentrait de promenade avec la bonne. C'est que l'affaire de Charles prospérait rapidement. Depuis la Libération il avait quadruplé ses bénéfices. On appréciait les modèles de sa fabrication. Il proposait des postes de TSF imposants, sortes de meubles à part entière avec leur coin bar et leur coin bibliothèque. En même temps, il construisait des postes beaucoup moins encombrants, avec haut-parleurs intégrés et quasi miniaturisés.

Naturellement, les transistors n'existaient pas encore. Les radios s'alimentaient au courant électrique et ne sortaient pas des appartements.

Quinze ans plus tard, succédant à son père, Louis commercerait avec le Japon et importerait le fin du fin en matière de matériel électronique.

Quand le mystérieux émissaire des Rosenweig le croisa dans l'escalier du 2 rue des Rosiers, Louis n'était qu'un enfant timide et bégayant. Il portait culottes courtes et chaussettes à carreaux.

Un imperméable caoutchouté le protégeait de la pluie qui tombait à flots.

Rentré chez lui, le petit devina ses parents préoccupés. On ne l'accueillait pas comme d'habitude.

Du haut de ses cinq ans, il questionna. Il voulait

savoir qui était ce monsieur et pourquoi il lui avait caressé la tête.

Il remarqua l'embarras de sa mère, la confusion de son père. Alors, comme il voulut les amuser, les distraire, il dit :

— Le monsieur, c'est le Père Noël, n'est-ce pas ? Il est venu pour mesurer la cheminée et il va m'apporter plein de joujoux ?

Les parents eurent un sourire qui conforta le petit dans son idée :

— Tu as raison, mon chéri, c'était le Père Noël, mais Noël, c'est dans longtemps. Il faut attendre le froid, la neige ! Alors, on essaiera de faire un grand feu.

L'enfant s'écria :

— Oh non, il ne faut pas mettre le feu aux habits du Père Noël !

Il y avait bien une cheminée dans la chambre de Louis mais on avait beau la ramoner, elle ne fonctionnait pas.

Louis et la bonne occupaient le deux pièces de Mme Rosa Zelasny, cette voisine non juive arrêtée on ne sait pourquoi quelques mois après la grande rafle.

Là-dessus, les parents de Louis restèrent discrets et éludèrent les questions suivantes. Ils voulaient tenir leur fils le plus longtemps possible hors du secret.

Pour la millième fois Charme imaginait ce que fut l'enfance de son père dans ce deux pièces qu'elle occupait encore aujourd'hui et dont elle avait fait son bureau.

Toutes ces questions feutrées, toutes ces réponses

jamais élucidées. Toutes ces messes basses, ces non-dits. Tous ces blocages, ces craintes. Toute cette atmosphère malsaine, cette peur du malheur. Toute cette mauvaise conscience, cette permanence du malaise. Toutes ces mystérieuses réserves. Toute cette ambiance pesante, ce climat empoisonné avaient été bien pires pour l'enfant qu'une vérité bien expliquée.

Cette vérité, on ne la révéla à Louis qu'à la mort de son père. Il avait alors vingt-sept ans. Le contrecoup fut terrible. Brusquement il se rendait compte qu'il avait été élevé dans un appartement volé à des Juifs. Pis encore, ces jumeaux introuvables, ces deux bébés de onze mois s'étaient mis à le hanter si fortement qu'il avait entrepris d'enquêter dans le quartier tout entier, immeuble par immeuble, appartement par appartement.

Il n'avait rien appris de plus. C'était à croire que le quartier avait perdu la mémoire. Ou bien alors que l'existence des jumeaux Rosenweig relevait de la pure fantaisie d'un géant polonais.

Quand sa fille vint au monde avec un bon mois d'avance, Louis avait déjà choisi son prénom. Dans Charme il y avait un peu de Chaïm : quatre lettres sur cinq. C'était une manière de rendre hommage au disparu. Louis ne croyait guère à la malédiction annoncée par Manon. Son père s'était fait renverser par un camion. Sa mère s'était éteinte de gâtisme quelque temps plus tard. Ceux qui meurent de sénilité sont-ils forcément maudits ? Louis ne le pensait pas.

Dès qu'elle fut en âge de comprendre, on prévint Charme de la disparition des jumeaux.

Elle laissa dire et écouta.

A trois ans, elle savait déjà qu'il y avait quelque part deux petits garçons qui vivaient dans un coin du ciel, juste au-dessus de l'immeuble. Oui, elle savait que les deux petits frères l'observaient à travers les nuages et lui envoyaient plein de bisous en direct du ciel, même que les baisers laissaient des traces dorées sur ses joues.

— C'est de la poussière d'étoiles, lui disait sa maman.

Charme ne se contenta pas de ces baisers d'ange. Bientôt elle voulut connaître le nom de ces deux frères qui veillaient sur elle. Savoir pourquoi ils étaient au ciel. Savoir comment elle pouvait y monter à son tour avec des cadeaux plein les bras.

Une chose alors l'intriguait. Personne n'était capable de lui dire comment s'appelaient ces deux garçons qui étaient au ciel et à la fois si près d'elle. La demande était précise, constante mais Louis ne se décidait pas à inventer. Il en voulait à sa mère de ne pas avoir retenu le prénom des jumeaux et il semble bien que Manon, la grand-mère de Charme, les ait volontairement sortis de sa mémoire.

Maintenant, en famille, lorsqu'on parlait d'eux, on disait le jumeau A et le jumeau B.

Dans la rue, chez les anciens du quartier, on n'en savait pas davantage. Et Charme n'aurait sans doute jamais eu gain de cause si Louis, supposant qu'on y avait circoncis les bébés, ne s'était rendu à la synagogue de la rue Pavée.

Et Louis fut récompensé. A la date du 11 septembre 1941, l'année 5702 du calendrier hébraïque, il trouva enfin David et Elie Rosenweig.

A partir de ce jour, jumeau A et jumeau B eurent

chacun leur existence propre. Restait à savoir où ils étaient alors. Les avait-on recueillis ? Etaient-ils toujours en vie sous un nom d'adoption ?

Un quart de siècle plus tard, Charme les sentait encore terriblement présents. Parfois elle avait l'impression d'entendre crier les murs. D'autres fois elle percevait des plaintes, des bruissements. Plus rarement filtrait, en sourdine, un chant triste et lancinant qui s'arrêtait brusquement comme si on avait étouffé le chanteur.

Charme croyait à la souffrance des murs. La pierre, pensait-elle, emmagasine les tragédies humaines et s'en imprègne. Plus tard, à la faveur d'un événement, et selon la sensibilité du locataire, la pierre se décharge de sa peine, de son chagrin, et les restitue. Ainsi dit-on d'un appartement ou d'une maison qu'il sont hantés, bénéfiques ou maléfiques.

Quelquefois, quand le locataire est banal, les murs ne retiennent rien de lui. Ni joie ni malheur. Les murs font le vide. Ça n'était pas le cas de l'immeuble de Charme. Ses fondations dataient de Philippe Auguste. Elles gardaient forcément l'empreinte du temps.

Au fil des siècles et des événements on avait construit, démoli et reconstruit sur le même lieu. On y avait fait toutes sortes d'abominations. Il y avait eu des procès en sorcellerie. On y avait brûlé des hérétiques. On y avait défenestré des enfants. On y avait empalé un vieillard pour crime d'hostie. On y avait été accusé de trahison. On y était mort de faim et de froid. On y avait été raflé, déporté. Envoyé au loin dans un pays d'où la plupart des personnes ne sont jamais revenues.

Tant d'épreuves, de tourments. Tant de désespoir et de larmes. Tant de drames et de rage, de déchirements et de désolation que l'on pouvait se demander qui poussait ces cris. Et de quel étage venaient-ils ? Qui murmurait ? Qui geignait ? Qui susurrait cette complainte ? Etait-ce le vieux savant, pieds et poings liés, que l'on éventrait ? Etait-ce cette femme-enfant, cette héroïne de treize ans, violée par une horde de sauvages ? Etait-ce sa propre mère, écartelée par ces mêmes Maillotins ? Etait-ce les écoliers terrorisés de la rue des Hospitalières-Saint-Gervais ? Etait-ce un résistant moï blessé à mort et traqué par ses poursuivants ?

Les murs parlaient, c'est sûr, mais encore fallait-il déchiffrer leurs messages, savoir lire dans la pierre et le mortier.

*

Noam attendait depuis un moment. Il avait choisi deux livres à l'étalage et n'arrivait pas à les régler parce que Rachel, la libraire, était entre les mains d'un fanatique. Celui-ci exigeait la version babylonienne de la Guémara traduite en yiddish par un prestigieux rabbin polonais.

Ayant hâte de servir le jeune homme qui intriguait tant son amie, Rachel perdit patience et abandonna le religieux à ses exigences.

En examinant les titres choisis par le jeune homme, des classiques de vulgarisation, un achat typiquement goy, elle dit :

— Si vous vous intéressez au judaïsme, je peux vous conseiller quelque chose de plus complet.

Elle sourit et ajouta :

— Enfin, de plus érudit !

— Non, ceci me suffit, répondit le garçon en sortant son chéquier.

Elle demanda une pièce d'identité. C'était la consigne du patron.

Il y en avait pour trois cent quatre-vingt-dix francs. En remplissant son chèque, il dit :

— Si vous voulez savoir, je m'intéresse bien plus à la fille qui discutait tout à l'heure avec vous qu'au judaïsme. Les livres ne sont qu'un prétexte !

Rachel faillit en avaler son chewing-gum :

— Vous parlez de Charme ?

— Charme ! C'est drôlement joli, dites donc.

Puis il demanda :

— Elle est juive ?

La question sembla embarrasser Rachel. Mi-sérieuse, elle répondit :

— Non, et vous non plus d'ailleurs.

Noam sourit à son tour :

— Ça se voit ?

— Non, ça se remarque.

— Vous croyez ? demanda-t-il. En fait, je ne sais pas qui je suis. Par mon prénom je pourrais être juif. Par mon nom de famille, nul doute, je suis goy, comme vous dites.

— Et moi, je vois que vous êtes rosiériste à Antibes, plaisanta Rachel, en lui rendant sa carte d'identité, c'est formidable comme métier !

Noam ne releva pas et demanda :

— Votre copine, elle vit seule ?

— Pourquoi devrais-je renseigner un étranger ?

— Qui vous dit que je ne suis pas de la famille ? répliqua Noam négligemment.

Rachel sursauta. Incroyable ! Et si ce garçon était

le fils de l'un des jumeaux ? Elle s'apprêtait à sonder le jeune homme quand il dit :

— Cette fille me plaît et je pense que c'est réciproque. Elle m'a regardé comme si elle m'attendait depuis toujours. J'ai lu du désarroi dans son regard, une blessure mal refermée peut-être.

Puis, séduisant, il insista :

— Je vous en prie, mademoiselle, donnez-moi son numéro de portable ou bien, si ça n'est pas possible, appelez-la, dites-lui de venir à la librairie. Dites-lui que je l'attends, qu'elle m'intéresse, que je peux faire beaucoup pour elle.

Rachel se disait que le jeune homme était très fort et très habile. Il se tenait sans cesse sur le fil. Pas un mot de moins ou de trop. A force de jouer sur les nerfs et les sentiments, il finirait par la faire craquer. Elle dit :

— D'accord, je vais l'appeler mais, de votre côté, pourriez-vous m'en dire un peu plus ? Franchement, que lui voulez-vous ?

— La question n'est pas bonne. Demandez-moi plutôt ce que j'attends d'elle !

— Eh bien soit. Qu'attendez-vous d'elle ?

— Je vais répondre crûment. Alors ne vous affolez pas : je la veux, c'est tout !

— Vous la voulez ? Mais pour quoi faire ? s'écria Rachel, excédée.

— Pour vivre avec elle !

Rachel resta interdite. Se serait-elle trompée de personnage ? Etait-elle sous le coup de l'intox ?

Il ajouta :

— Elle est fragile comme la plus délicate des roses et je crains qu'elle ne s'étiole ! Je vais vous dire ce que j'ai vu en elle.

Sidérée, Rachel attendit.

Il poursuivit :

— En elle, j'ai vu une superbe corolle aux couleurs déclinantes, des pétales dont on ne devine s'ils sont de soie ou de velours mais qui ne sont déjà plus velours de soie.

Rachel ne pouvait cacher sa surprise.

Il continuait :

— Un calice, des lèvres entrouvertes que nulle rosée ne vient épancher. Alors de deux choses l'une. Ou l'on ne fait rien pour elle et votre copine se flétrit. Ou bien, au contraire, on la revitalise, on la magnifie, on lui redonne l'éclat. Alors elle redevient reine.

— Vous ne doutez pas de vous, lança Rachel.

— Je parle en obtenteur, répliqua Noam. Et tout obtenteur doute quand il doit choisir sa rose mâle entre une fleur sauvage et une fleur cultivée. Doit-il privilégier une sublime bâtarde, une fleur de roncier, ou bien doit-il opter pour une princesse de sang royal comme la Gallica Superbia ou la Damas ? Et que dire de l'angoisse qui l'assaille encore lorsqu'il doit élire sa rose-mère parmi des centaines d'impératrices, des stars de concours, afin d'élaborer sa future créature en tenant compte des origines, du sang et des gènes du rosier, sans parler des surprises et des malices propres à toute naissance hasardeuse ?

Il ajouta avec un regard enflammé :

— Quand apparaît enfin mon enfant, c'est vrai, grande est mon assurance, énorme est ma fierté. Je sais alors que son avenir est entre mes mains et qu'il dépend de mon talent, de ma vigilance.

Plus conciliante, Rachel dit :

— Merci pour le cours !

— Pour le cours ou pour la cour ? répondit Noam du tac au tac.

— Sans blague, rétorqua Rachel, vous attaquez tous azimuts !

— Je suis gourmand ! répondit Noam.

— C'est le métier qui veut ça ? demanda la libraire.

— Pas du tout, côté rose, je tiens de M. Roux, mon ex-patron. Côté chair, je tiens de Laetitia, sa femme. C'est elle qui m'a initié.

— Je ne vous en demandais pas tant, répliqua Rachel.

Et puis soudain, ça la démangeait depuis un moment, elle ne put s'empêcher de satisfaire sa curiosité :

— Votre père, il n'a pas un frère jumeau ?

Surpris, presque amusé de la question, Noam répondit :

— Mon père ! Non, il n'a pas de jumeau.

Il eut un drôle de regard et ajouta, pensif :

— Mon père est-il mon père ? That is the question ! Je n'en suis pas vraiment certain...

*

Charme n'arrivait pas à se concentrer. Il faut dire que le procès du Talmud sur lequel elle revenait constamment n'était pas facile à comprendre. On savait peu de choses des personnages qui s'affrontaient. Et bien des flous entouraient la personnalité de Nicolas Donin, le principal accusateur.

En fait, le livre sur lequel travaillait Charme tournait autour de ce fameux procès fait à un Juif par un autre Juif. L'affaire remontait au XIIIe siècle et s'apparentait fort à la controverse de Valladolid. Là, il ne s'agissait pas de discuter sur la condition indienne mais de définir une fois pour toutes la question juive sous tous ses aspects : le Juif mérite-t-il d'exister ? Doit-il être admis au sein d'une société non juive et bénéficier des protections royales au même titre que les autres sujets ? En un mot : le Juif est-il utile ou nuisible ? Dangereux, traître ou inoffensif ?

De Philippe Auguste à la Révolution française, tous les rois, tous les grands de ce monde se sont posé la même question. Et quelques lettrés ou philosophes ont tenté d'y répondre. Dans l'ensemble, rares sont les rapports positifs. Louis XVI lui-même confia à Malesherbes le soin d'examiner le problème juif et d'en tirer des conclusions.

Malesherbes se mit au travail. Il rencontra des Juifs d'origine sociale différente. Il les écouta et nota leurs aspirations. Il étudia la Thora, le Talmud, la Guémara, la Michna. En même temps, il prit connaissance du Zohar et de la Cabale, des essais ésotériques magistraux.

En fin de compte, Malesherbes rédigea son rapport et il s'apprêtait à le remettre au roi quand celui-ci perdit la tête de la façon que l'on sait.

Le rapport resta lettre morte. Dommage car le Juif trouvait grâce aux yeux de Malesherbes. Il y était montré à l'image des autres hommes. On vantait ses qualités de cœur, son intelligence, son attachement à ses protecteurs. On soulignait sa fidélité à sa religion, son attachement viscéral à la Terre promise. On démontrait également sa soif de respectabilité et de reconnaissance.

Ainsi, avec une petite longueur d'avance sur la

Révolution de 1789 qui fit du Juif un Français à part entière, Malesherbes pronostiquait un Juif patriote prêt à donner sa vie pour sa nouvelle patrie. Malesherbes, quant à lui, perdit la sienne sous la Terreur...

Charme peinait. Elle n'avait guère le cœur à l'ouvrage. Elle pensait à l'étrange garçon croisé devant chez elle. Il l'avait suivie et observée. La rencontre ne tenait qu'à un fil. Pourtant, elle n'avait pas eu lieu. Retardait-il la confrontation ? Allait-il reprendre contact ? Elle attendait un signe. Il connaissait la rue, l'adresse. On lui avait sûrement décrit les lieux par le détail.

Elle percevrait son pas dans l'escalier. Elle avait l'oreille fine, une bonne mémoire des bruits et des sons. Pas un habitant de l'immeuble ne lui échappait. Elle devinait les gens à la démarche de chacun. Elle aurait fait une remarquable concierge sous l'Occupation.

Elle attendait. Elle gambergeait. Elle était persuadée qu'il existait un lien entre le géant polonais des années cinquante et le jeune homme d'aujourd'hui. A en croire Louis, son père, qui tenait lui-même l'information de ses parents, Abraham Seltzer était revenu en août 1953.

La canicule sévissait dans Paris. Malgré cette chaleur étouffante, le géant grelottait dans son pyjama de déporté que cachait en partie son long manteau noir.

D'où arrivait-il ? De Tel-Aviv ou des Etats-Unis ? Tantôt il disait vivre en Israël. Tantôt il parlait d'une famille à New York. Quoi qu'il en soit, le personnage cultivait le mystère et il tirait un certain plaisir de voir ses hôtes embarrassés. Trois ans s'étaient écoulés depuis sa première visite et les choses, côté Delestaing, n'avaient guère avancé. Mme Zelasny ne s'était pas manifestée. Quant aux jumeaux, personne n'avait été en mesure de fournir la moindre précision. Les uns affirmaient que les bébés avaient été raflés en même temps que leurs père et mère. On les aurait vus dans les bras d'un brigadier. Les autres, des non-Juifs, ne se souvenaient de rien, pas même de la rafle.

En revanche, une commerçante se rappelait parfaitement Mme Zelasny promenant les jumeaux Rosenweig dans une poussette à deux places. Les avait-elle aperçus après la rafle de juillet 1942 ? Franchement, la commerçante ne pouvait s'engager.

Le géant barbu écoutait ces explications confuses et contradictoires sans les commenter.

Taraudés par la mauvaise conscience, les Delestaing s'étaient démenés mais n'avaient pas eu de résultats probants.

De son côté, plus occupé par les autres que par lui-même, Abraham Seltzer n'avait pu honorer la promesse faite à Chaïm. Il remuait pourtant ciel et terre, comme le lui avait demandé, au camp, son voisin de bat-flanc.

Le hasard avait maintenu Chaïm en vie un peu plus longtemps que prévu. Et Chaïm pensait jour et nuit à ses jumeaux qu'il imaginait à l'abri.

Un jour, le pire arriva. Abraham vit partir Chaïm pour la chambre à gaz.

Chaïm, évidemment, mais aussi tous les compagnons de baraquement, tous ces morts vivants lesquels, au moment de disparaître à jamais, se délivraient d'une obsession, d'un dernier secret, auprès de celui qui semblait épargné. Et Seltzer, le grand

Abraham Seltzer, ce Juif qui dépassait tout le monde d'une tête et qui récitait Goethe par cœur était celui-là. Fournée après fournée, il restait. Il résistait. Il le devait à Goethe, à sa connaissance de l'œuvre, à sa capacité de déclamer de mémoire les ballades de l'écrivain pour quelques officiers nostalgiques du *Roi des Aulnes*. Et parce qu'il était épargné et qu'on le savait miraculé, ceux qui partaient pour les fours crématoires le chargeaient d'une ultime confidence. Le géant ne savait refuser. Il promettait, il s'engageait.

Une fois libéré, Abraham se retrouva avec une foule de services à rendre et plus d'une centaine d'affaires à élucider.

En lui, il y avait du Père Noël. Malheureusement, sa hotte ne contenait que des avis de décès et des adresses où plus personne ne répondait.

En 1953, Abraham était retourné rue des Rosiers. Cette histoire de jumeaux l'intriguait. Entre-temps, un ami avocat l'avait mis sur une piste. Il apprit qu'une dizaine d'orphelins juifs, la plupart des nourrissons, avaient été recueillis en automne 1942 par une riche veuve de l'arrière-pays niçois.

Le mystère entourait la provenance des enfants. On ignorait comment et par quelle filière ils avaient abouti dans cette ancienne bastide fortifiée.

Renseignement pris, la propriétaire du domaine, une certaine Anne-Marie Donin de Clavières, décédée en 1948, aurait réparti ces pauvres enfants dans diverses familles de la région au fur et à mesure de leur arrivée. Une enquête administrative, diligentée en 1945, n'aurait apporté aucun élément susceptible d'identifier ces orphelins, alors munis d'une nouvelle identité, et que personne ne réclamait.

*

Le géant attendit la tournée de calva. Il vida son verre cul sec et claqua de la langue. Puis, d'une voix forte, roulant les « r », il parla avec autorité :

— Au nom des Rosenweig chez lesquels vous habitez, à la mémoire de Rosa Zelasny qui s'est occupée de leurs bébés jusqu'au jour de son arrestation, voici ce que vous devez faire maintenant.

Il marqua un temps d'arrêt et dévisagea ses vis-à-vis.

Charles et Manon en frissonnaient déjà. Louis, huit ans, qui écoutait derrière la porte, se rongeait les ongles.

Alors le géant reprit :

— Désormais les choses doivent changer. Vous devez bouger, agir, participer aux recherches.

Il força la voix et ajouta :

— Il faut retrouver les jumeaux !

— Mais que peut-on faire ? s'écria Manon. Est-ce vraiment de notre ressort ?

— C'est une question de solidarité, madame ! répliqua le Polonais, moi-même, depuis ma libération, je consacre ma vie à des affaires similaires.

— Mais vous, c'est normal, vous êtes Juif, hasarda Charles Delestaing.

— Mais vous, monsieur, en prenant cet appartement, vous avez volé des Juifs ! Et cela vaut des réparations !

Charles balbutia :

— Ce n'est pas ce que j'ai voulu dire. Je suis

d'accord pour les réparations. A qui dois-je régler, et combien ?

Le géant n'attendait que ce moment pour surprendre son monde. Il entrouvrit son pardessus et en tira une liasse de billets. Il clama :

— Les réparations, monsieur, les voici, et c'est moi qui paie !

Les Delestaing étaient sidérés. Il y avait là au moins dix mille francs.

— Pourquoi cet argent ? demanda Manon.

Abraham Seltzer, qui avait aidé Chaïm à mourir en l'apaisant du mieux qu'il le pouvait, répondit :

— Cet argent ne m'appartient pas. Le donateur n'est plus de ce monde.

Puis, dépliant une feuille de papier, il dit :

— Ceci est une liste de journaux et de publications régionales du midi de la France. Je vais vous lire le texte de l'annonce à passer quatre fois dans le mois et autant de fois le mois suivant.

Malgré la chaleur caniculaire, le géant ramena le col du pardessus contre son menton et pria Manon de fermer les fenêtres.

— Vous y êtes ? demanda-t-il.

Comme ils y étaient, et même de toutes leurs oreilles, Abraham commença la lecture de l'annonce : « Recherchons personnes susceptibles de fournir avec précision toute information concernant des jumeaux nés Rosenweig, en septembre 1941, et ayant séjourné quelque temps chez Mme Anne-Marie Donin de Clavières, à la bastide du Fortin par Gourdon, Alpes-Maritimes. Grosse récompense. »

— Vous croyez que ça va donner quelque chose ? demanda Manon.

— Et comment ! répliqua le Polonais. Vous allez

voir, votre boîte aux lettres va bientôt déborder. Naturellement, pour une personne susceptible de nous apporter une preuve tangible, mille autres n'auront rien à voir avec cette annonce mais elles y répondront quand même.

Le géant soupira et ajouta :

— Sait-on jamais !

— Je tiens à payer la récompense, déclara Charles. C'est la moindre des choses !

— Nous verrons ça plus tard, marmonna Abraham en avançant son verre. D'abord, il faudra trier le courrier et m'envoyer les lettres les plus intéressantes.

— Quand reviendrez-vous ? demanda Manon.

— Ne vous en faites pas, je reviendrai. Le calva est bon...

Une fois le géant parti, les Delestaing ouvrirent la fenêtre qui donnait sur la rue des Rosiers et le regardèrent s'éloigner. Ils avaient froid pour lui.

Curieusement, ils se sentaient sous sa coupe, tout à coup, à sa merci.

Sans perdre de temps, ils se mirent au travail.

Abraham ne s'était pas trompé. La boîte aux lettres déborda bientôt.

Il y eut sept cent vingt-trois réponses. Une douzaine méritaient qu'on leur prête attention. Rien cependant ne prouvait qu'il s'agissait bien des jumeaux Rosenweig. L'âge ne correspondait pas vraiment. Personne n'était capable de dire si les bébés aperçus à la bastide étaient frères et s'ils se ressemblaient.

De concordant, il n'y avait que le lieu, cette

fameuse bastide du Fortin mise à la disposition des orphelins juifs par l'énigmatique Anne-Marie Donin de Clavières.

Les Delestaing firent suivre les lettres à New York et attendirent des nouvelles d'Abraham Seltzer.

Le Polonais ne revint pas. Etait-il occupé ailleurs ? Etait-il malade ou mort ?

*

En 1986, préparant la documentation nécessaire à la rédaction de son ouvrage, Charme eut accès aux minutes du procès du Talmud. Un nom lui sauta tout de suite aux yeux. Il s'agissait d'un certain Nicolas Donin, Juif converti, traître de surcroît. Il fut le principal accusateur des rabbins Yéhiel et Moïse de Coucy.

L'histoire se déroulait au XIIIe siècle. Néanmoins, Charme crut y voir un lien, quelque chose comme un acte de repentance qui aurait trouvé sa justification sept cents ans plus tard chez une héritière du nom.

Elle s'entêta. Elle chercha. Finalement elle consulta les annuaires téléphoniques région après région. Elle trouva une cinquantaine de Donin dont trois à Paris. Aucun d'eux n'avait eu connaissance de ce fameux procès. Aucun Donin n'était apparenté à la propriétaire de la bastide du Fortin.

Charme abandonna l'idée de la repentance, le rachat d'un Donin par un autre Donin.

Pire, elle ne parvint même pas à retrouver le nom hébraïque du fameux Donin, à croire que sa conversion avait effacé à tout jamais ses origines juives.

Malgré tout, Charme espérait le miracle. Allait-il survenir en la personne de cet intrigant jeune homme rencontré en début d'après-midi ?

Quand le téléphone sonna, Charme sursauta. C'était Rachel. Elle avait une drôle de voix, un ton mi-sérieux, mi-malicieux :

— Excuse-moi de te déranger en plein travail mais je suis avec Noam !

— Noam ? interrogea Charme.

— Oui, le jeune homme de tout à l'heure. Il insiste, il veut te voir. Qu'est-ce que je fais ? Je te l'envoie ?

Elle avait beau s'y attendre, Charme resta comme tétanisée puis elle s'entendit dire :

— Voyons, tu sais très bien que je ne reçois personne chez moi.

C'était vrai. Les murs criaient, les poutres craquaient, les plafonds geignaient.

Imaginaires ou pas, ces bruits mettaient les invités mal à l'aise. D'autres, moins sensibles, restaient indifférents. Elle les interrompait, leur signalait avec insistance ces étranges manifestations. Un jour, enfin lasse de l'incompréhension et des railleries, elle décida d'interdire son appartement à ses proches comme aux gens de passage.

Devinant l'émoi qui saisissait son amie, Rachel proposa :

— Veux-tu venir à la librairie ? Je vous laisse une pièce au sous-sol. Vous pourrez discuter tranquillement !

Charme ne pouvait accepter un rendez-vous aussi bien arrangé. Elle souhaitait une autre rencontre, quelque chose d'impromptu. Ou bien alors quelque chose d'arrangé par elle seule. Elle dit :

— Peux-tu me le passer ?

Bouillant d'impatience, Noam prit le combiné. Il avait prévu une entrée en matière assez fougueuse du genre : « Dès que je vous ai vue, j'ai su que nous étions faits l'un pour l'autre. » Mais Charme n'était pas d'humeur à écouter pareille platitude. Elle le remit élégamment à sa place. Le jugeant suffisamment touché, elle proposa :

— Retrouvons-nous à 21 heures au restaurant du Hammam, je vous invite à dîner.

— Le Hammam ? répéta Noam.

— C'est un peu plus haut que Bibliophane, sur le même trottoir.

Il dit :

— 21 heures, c'est très loin ! On ne pourrait pas avancer un peu ?

— Ne me demandez pas ça. Un rendez-vous comme le nôtre, ça ne se brade pas. Au contraire, nous devrions peut-être le reculer de plusieurs heures, de plusieurs jours, le remettre à l'infini !

Noam resta pensif. On ne lui avait jamais parlé comme cela. Il trouvait la fille bizarre. Il se dit que ça n'était pas gagné d'avance et qu'il aurait fort à faire.

Un moment, il eut envie de laisser tomber. Il était arrivé d'Antibes tôt le matin. Il ne savait pas où il était, ni même où il en était. Comme il ne répondait pas, elle dit :

— 21 h 30 me conviendrait mieux.

Il n'y croyait plus tellement. D'une voix dépitée, il acquiesça :

— D'accord pour 21 h 30, ça me laissera le temps de trouver un hôtel.

— Un hôtel ? reprit-elle. J'en connais un très bien rue Vieille-du-Temple. Recommandez-vous de ma part.

Il hésita et demanda :

— Il est abordable ?

— Ne vous en faites pas, on s'arrangera. Avec tout ce qui s'est passé, je vous dois bien ça !

Il n'en revenait pas. Incroyable, le prenait-elle pour quelqu'un d'autre ? Le connaissait-elle ? S'étaient-ils déjà rencontrés ? Et dans quelles circonstances ? Que savait-elle au juste ? Que lui apprendrait-elle sur lui-même ?

Il s'apprêtait à raccrocher lorsqu'il l'entendit :

— Je suis ravie, Noam. Vraiment heureuse que vous soyez de retour parmi nous.

Puis, d'une voix soudainement grave, elle demanda :

— Vous n'êtes pas obligé de me répondre, c'est juste pour moi, et rien que pour moi toute seule : êtes-vous le fils d'Elie ou le fils de David ?

Il ne sut quoi dire et s'en trouva gêné.

Alors, de cette même voix angoissée, elle murmura :

— Ça ne fait rien. On en reparlera tout à l'heure...

Tout en se préparant, Charme se disait que le jeune homme était très fort, très habile, qu'ou bien alors il était d'une naïveté désarmante.

L'idée qu'il logeait à l'hôtel, tout près d'elle, lui plaisait bien. D'ici peu, le temps de se retourner, elle déménagerait et lui laisserait l'appartement. Elle ne concevait pas qu'il en soit autrement.

Elle était passionnément habitée par son sujet, arrivée au terme de ses recherches comme au bout de son raisonnement, et voici que Noam, l'inconnu de toujours, ce fantôme de l'enfance, cet amant impalpable aux mille formes rêvées devenait réalité.

Cela, c'était la belle image, la trame idéale qu'elle s'était fabriquée et sur laquelle elle n'avait cessé de broder.

Bien sûr, il arrivait que l'image ternisse, et même qu'elle se déchire. La trame alors se désagrégeait d'un coup comme un jet de poussière sous le souffle et il n'en restait rien d'autre qu'une trace diffuse à partir de laquelle il fallait tout réinventer ou tout oublier.

L'intelligence, la culture, l'ouverture d'esprit n'ont guère de prise contre la névrose. Quelquefois même, elles poussent à la faute, elles affinent les inhibitions et les justifient intellectuellement.

Il n'y avait pas grand-monde ce jeudi soir au restaurant du Hammam. Juste un couple qui parlait avec les yeux en se caressant les mains et une famille très bruyante dont les gosses se pourchassaient de table en table.

Arrivé en avance, Noam choisit une place discrète et s'y assit. Le garçon le regarda d'un sale œil. Ça l'obligeait à modifier son service.

Il s'avança, mauvais :

— Vous avez réservé ?

Sans attendre la réponse, il poursuivit :

— De toute façon, vous ne pouvez pas rester là !

Il désigna une table libre, à l'opposé, et dit :

— Le soir, j'en ai plein les bottes, alors je groupe mes clients !

— Impossible, lâcha Noam d'une voix ferme, moi, ce soir, j'ai besoin d'intimité.

— Pour l'intimité, rétorqua ironiquement le garçon, c'est pas le resto idéal !

Puis se foutant carrément de Noam, il dit :

— A votre place je laisserais tomber la nana qui vous a filé rencart ici parce que c'est pas vraiment un endroit pour emballer !

Il ajouta sur un ton plus confidentiel :

— Vous avez vu le décor ? C'est du fonctionnel ! Du pratique ! Ça n'inspire pas le sentiment. Et puis de toute façon le patron va bientôt bazarder l'affaire. Il y a un designer italien sur le coup.

Noam s'en fichait. Designer italien ou pas, il regarda autour de lui d'un air un peu perdu et dit :

— D'accord, c'est désincarné, c'est moche mais laissez-moi au moins cette table. Vous y poseriez une bougie, ça arrangerait bien les choses.

Le garçon soupira et dit :

— Décidément, j'aurai tout vu !

Il n'avait pas tout vu car en apercevant Charme qui s'avançait vers eux, il lâcha :

— Ah, je comprends ! Vous avez rencart avec l'historienne, il fallait me le dire, mon vieux !

Il embrassa la nouvelle venue et lui confia :

— Monsieur souhaite un éclairage intime, qu'en penses-tu ?

— C'est une bonne idée, répondit Charme en dévisageant Noam, l'ombre et la lumière seront de la conversation !

Noam se leva et donna une énergique poignée de

main. C'était une manière de montrer sa force. Une façon très manuelle de placer la soirée sous le signe de la virilité.

Elle grimaça et reprit sa main. Il en profita et dit :

— Je suis désolé, j'ai dû serrer un peu trop. Je ne fais pas toujours la différence entre l'intensité et la brutalité !

Puis, content de lui, il poursuivit :

— L'important, n'est-ce pas, c'est que le courant passe bien. Moi, ça y est, je suis électrocuté !

Sur sa lancée, il affirma :

— Vous êtes magnifique. J'aime beaucoup votre robe, votre coiffure. Le front dégagé vous va à merveille.

Charme se demanda si elle devait retourner le compliment. Elle n'était pas là pour ça et n'avait pas l'intention de se laisser entraîner sur d'autres chemins.

Bien qu'attirant, le garçon n'était pas spécialement fringant. Il portait un polo moulant, une veste lâche aux manches mal ajustées, un jean trop long dont les revers retournés tombaient sur des chaussures bateau passablement éculées.

Charme ne trouvait ni le ton ni le mot qui convenait. Elle avait attendu ce moment depuis toujours. Et maintenant qu'elle le tenait, qu'elle y était, une certaine désillusion la gagnait. Bien sûr, elle savait la chose fréquente. N'avait-elle pas mille fois rêvé cette confrontation ? Cette fois, elle mesurait le déséquilibre. Elle était demandeuse, impatiente de résoudre le mystère dans lequel elle baignait depuis d'enfance.

Lui, apparemment, ne demandait rien d'autre que de la séduire. Et quand bien même, là aussi, quelque chose clochait. Il y avait la différence d'âge, de milieu, et puis elle n'appréciait pas cette manière qu'il avait de la dévisager, à croire qu'il se trouvait irrésistible.

Elle s'étonnait de la désinvolture du garçon. Il forçait son personnage, se donnait des airs de tombeur qui ne lui allaient pas.

Ça n'était peut-être qu'un jeu, un camouflage ? Le jeune homme avançait-il masqué pour mieux la confondre ?

Charme en était là de ses impressions. Et elle s'apprêtait à entrer dans le vif du sujet quand les gosses turbulents vinrent faire une partie de cache-cache autour de leur table.

Elle les apostropha en hébreu et ils déguerpirent aussitôt.

Etonné, il demanda :

— C'était quoi comme langue ?

Elle marqua un vague dépit et répondit :

— Avec un prénom comme le vôtre, je ne m'attendais pas à pareille question. Je les ai engueulés en hébreu !

— Vous êtes juive ?

— Non, je ne suis pas juive, mais à force de vivre ici, j'ai appris. C'est une langue qui a eu de la chance. De morte, elle est devenue vivante.

— Une résurrection, en somme !

— Et vous, attaqua Charme, comment se fait-il que vous ne parliez pas l'hébreu ?

Franchement surpris, il dit :

— Pourquoi devrais-je parler l'hébreu ?

— Par vos origines.

— Oh, mes origines ! Alors là, c'est une autre affaire...

Cette phrase n'échappa pas à Charme mais elle préféra la laisser momentanément de côté. Elle demanda :

— Vous comprenez le yiddish, alors ?

Il partit d'un éclat de rire :

— Le yiddish ! Tiens, c'est curieux, j'ai su dire « je t'aime »...

Il chercha dans sa mémoire :

— Ça me revient : « irh hot di lied ».

Il demanda :

— C'est correct, n'est-ce pas ?

— Oui, c'est exact !

Il la regarda effrontément dans les yeux et répéta :

— Irh hot di lied.

— C'est stupide ! s'écria Charme, nous ne sommes pas là pour ça !

Il prit un air ingénu et répondit :

— Vous voulez certainement dire que nous n'en sommes pas encore là ?

— Je ne vous comprends pas, dit-elle, cessez cette espèce de jeu, c'est agaçant, vous savez !

Il parut embarrassé et demanda d'un ton sérieux :

— Qu'attendez-vous de moi, au juste ?

— Au juste, dit-elle, j'attends des présentations. Je ne sais rien de vous, pas même votre nom de famille.

— Mon nom ne vous dira rien. Je m'appelle Verner. C'est un nom tout ce qu'il y a de plus banal.

— Verner ! répéta-t-elle. C'est votre vrai nom ?

Un franc sourire éclaira le visage ténébreux du jeune homme. Il passa la main dans ses cheveux anthracite et ramena vers l'arrière la mèche rebelle qui couvrait la moitié du front. Il dit :

— Jusqu'à preuve du contraire, c'est bien mon

vrai nom. Seulement voilà, tout au fond de moi, je n'en suis pas intimement persuadé.

Elle ressentit un frisson lui parcourir le dos. Elle n'en montra rien et demanda :

— Que font vos parents ?

— Mes parents, eh bien, ils sont gardiens. Ils s'occupent d'une propriété sur la Côte d'Azur.

Elle ne le crut qu'à moitié. Elle détourna la question :

— Quel âge a votre père ?

— L'âge de mon père ! Mais... quelle importance ?

— Voyez-vous, Noam, répondit Charme avec la sévérité qui la caractérisait, dans cette histoire tout est important !

Une fois de plus Noam eut le sentiment qu'on le prenait pour un autre. La fille lui plaisait. Elle portait son prénom à merveille. Elle avait une voix chaude et vibrante. Elle était de la race des Gallica Superbia, ces roses aristocratiques d'Anjou, une espèce en voie de disparition que quelques horticulteurs tentent de préserver.

Oui, cette fille lui plaisait. A l'exemple de cette rose, elle avait, elle aussi, quelque chose de médiéval dans la finesse des traits et la transparence du visage. On devinait en elle, malgré tout, un parfum de poison. C'était dangereux, grisant. Mais que voulait-elle au juste : l'aimer ou l'assassiner ? L'adopter ou le jeter ?

Il n'osait la décevoir. Devait-il jouer sur les mots et les sentiments ? Se laisser entraîner vers d'autres rivages ?

Il arrivait de sa province. L'aventure était belle, tentante. D'un seul coup, voici que Paris lui ouvrait les bras. Bien sûr, il aurait aimé qu'elle le regardât pour lui-même, les yeux dans les yeux, comme les amoureux de la table du fond. Au lieu de cela, elle l'examinait avec curiosité, un cocktail d'attraction et de compassion.

Elle insista :

— Monsieur Verner doit avoir dans les soixante ans, n'est-ce pas ?

— Oui, je crois, quelque chose comme ça !

Il retourna la question :

— Et votre père, demanda-t-il, quel âge a-t-il ?

— Mes parents sont morts dans un tremblement de terre.

— Un tremblement de terre ?

— A Kobé, au Japon. Vous le savez certainement, mon père tenait de son propre père une affaire de matériel audiovisuel. Il importait des radios, des télés, des chaînes hi-fi.

Elle s'interrompit pour permettre au serveur de prendre la commande. Ce fut vite fait. Aucun des deux n'avait faim.

Le serveur eut beau vanter ses harengs gras de Pologne, son tarama d'Israël, ils sacrifièrent les hors-d'œuvre et se contentèrent d'un saumon grillé haricots verts arrosé d'une demi-bouteille de vin de Galilée.

Le serveur nota puis alluma la bougie.

Dès qu'il se fut éloigné, Charme reprit :

— Dans ma famille, on parle d'une malédiction. Voyez-vous, depuis ce que vous savez, mon grand-père s'est fait écraser par un camion. Ma grand-mère a perdu la tête. Quant à mes parents qui signaient le contrat du siècle à Kobé, eh bien, ils sont restés sous les décombres de leur hôtel.

Elle eut un joli sourire et ajouta :

— J'attends mon tour !

Il rendit le sourire et dit :

— Votre tour ne viendra pas. Je suis là, je veille sur vous.

Elle ne sut si ces mots relevaient du flirt ou s'ils étaient dits raisonnablement.

Et tandis qu'elle réfléchissait au meilleur moyen d'avancer à pas feutrés vers ce passé si chargé, Noam se demandait quelles étaient ces choses qu'il était censé savoir. Il mit ses sens en alerte, ses perceptions en éveil. Désormais, il allait devoir avancer à l'instinct : comprendre ou faire semblant de comprendre.

Charme ne mangeait pas, elle grappillait. Elle ne buvait pas, elle s'humectait les lèvres. Elle faisait tout par petites touches. La voix, les gestes étaient contenus, mesurés.

Il aimait son maintien, son cou gracile, les reflets roux dans ses cheveux soigneusement coiffés. Il aimait ses lèvres, le soyeux des pétales, le rose des gencives. Il aimait l'ovale de la bouche, sa délicieuse étroitesse. Il imaginait la relative proportion du sexe, le toucher du calice, l'éclosion du bouton sous la caresse du doigt.

Sa patronne, la belle Mme Roux, lui avait appris les choses de l'amour. Elle l'avait éduqué, élevé, conditionné jusqu'à en faire une bête de plaisir.

D'innocent, de romantique, en un rien de temps il devint goûteur de femmes comme d'autres goûtent l'eau et le vin. Comme d'autres encore, d'une respiration, sélectionnent les senteurs, les arômes. Et la belle Laetitia en avait abusé jusqu'à l'enivrer. Mieux encore, elle inventa des jeux pervers. Elle le prêta, elle le loua, sorte d'esclave, pour une nuit ou deux à des amies. Elle organisait des parties, des orgies où l'on se repaissait de lui. On allait jusqu'à l'étrangler comme dans *L'Empire des sens*, jusqu'à le vider, le dévorer.

Et cela dura jusqu'au moment où Noam s'aperçut qu'il n'avait plus la cote avec les roses.

A sec d'inspiration, il n'arrivait plus à rien : les croisements avortaient, les créations dépérissaient, à croire que les espèces se révoltaient contre leur géniteur.

Alors Noam délaissa Mme Roux. Il retourna aux roses et s'y consacra.

Jalouse, la patronne intrigua. Elle commença par des rumeurs. Elle termina par des accusations. Elle le dit obsédé, sans cesse à proposer, à la harceler. Et pour finir, à la violenter.

M. Roux n'y croyait guère. Il tenta de raisonner sa femme et de blanchir son apprenti. En vérité, il n'avait pas envie de voir partir de son entreprise celui qui en faisait la célébrité.

M. Roux tenait davantage à ses roses de concours qu'à son épouse d'apparat. Néanmoins, elle lui jura son amour, sa fidélité. Alors, il céda.

C'était tout frais, tout récent. Parti d'Antibes la veille, Noam venait d'arriver à Paris.

Avait-on guidé ses pas ? Ou s'était-il aventuré de lui-même dans cette rue des Rosiers ? Une question que Charme ne se posait plus. Il était maintenant au cœur de son histoire.

Tout à coup, Charme proposa :

— Au fait, vous voudriez peut-être voir l'appartement ?

Etonné, il répondit :

— Voir votre appartement ? Oui, pourquoi pas !

Elle n'appréciait pas son air entendu et répliqua :

— Voyez-vous, Noam, je pense que cet appartement vous appartient. Selon toute vraisemblance, votre père, enfin les jumeaux Rosenweig, y ont été arrêtés en juillet 1942. Et quelques mois plus tard ma famille s'installait dans le trois pièces vide.

Elle quêta la réaction du jeune homme. Et comme celui-ci paraissait un peu perdu dans ses pensées, elle continua :

— En squattant votre domicile, mon grand-père, un simple réparateur de TSF, n'avait pas d'états d'âme. Il s'agrandissait à bon marché mais il serait parti sans faire d'histoire si les Rosenweig s'étaient manifestés.

Noam, qui faisait d'énormes efforts de compréhension, risqua :

— Et naturellement les Rosenweig ne sont pas revenus de déportation ?

— Déportation est un mot faible, précisa Charme. Mieux vaut dire « camp de la mort » ou « camp d'extermination ».

Sur ce, elle hasarda :

— En réalité, et d'après certains témoignages étayés par mes recherches, les jumeaux ont sans doute échappé à la rafle du Vel d'Hiv. Ils auraient été sauvés par une voisine de palier qui travaillait chez leurs parents.

Elle eut un geste d'impuissance et poursuivit :

— Ne me prenez pas pour une affreuse mais mon grand-père occupait également le deux pièces de Mme Zelasny, que j'ai transformé en bureau. Elle non plus n'est jamais revenue des camps.

Pris d'une illumination subite, bien décidé à la satisfaire, il dit :

— Admettons que je ne sois pas Noam Verner mais Noam Rosenweig, fils d'Elie ou de David ?

Elle l'observa avec un mélange d'incrédulité et d'effroi.

Il fit semblant de ne rien voir et continua :

— Admettons que Mme Zelasny, dont vous occupez le deux pièces et qui n'est jamais revenue vous le réclamer, ait pu cacher les jumeaux avant de se faire embarquer à son tour. Admettons que je surgisse aujourd'hui dans la peau d'un de ces disparus et que je réclame mes biens en tant que petit-fils de Chaïm et Sarah Rosenweig.

Elle resta stupéfiée. Il connaissait donc le prénom des Rosenweig. L'aveu était de taille et confortait sa prémonition.

A vrai dire, elle ignorait qu'il avait discuté de tout cela avec Rachel dans l'après-midi. La libraire s'était crue obligée d'affranchir le jeune homme. On ne rencontre pas Charme comme on rencontre une autre fille.

Elle l'avait averti de sa sensibilité, de sa névrose, de son incapacité à accepter l'existence comme elle vient : avec des jours heureux, des heures simples, des moments de petits bonheurs. Et pas forcément la culpabilité ou le délire émotionnel du matin au soir. C'était un inconvénient majeur pour entretenir une liaison durable ! aurait dit Rachel. N'avait-elle pas prévenu, en confidence : « C'est ma meilleure amie et je me désole de ses aventures sans lendemain. »

Les confidences de Rachel n'étaient pas tombées dans l'oreille d'un sourd. Une aventure sans lendemain ne déplaisait pas à Noam. Et pourtant, ce soir-là, au restaurant, il pensait toujours à l'aventure mais celle-ci prenait un autre sens.

Il continua :

— Admettons qu'au lieu de me rendre ce qui selon vous m'appartient, je vous dise : restez où vous êtes, car vous êtes la mémoire de ces lieux et faites-moi une petite place auprès de vous !

Troublée, elle but une gorgée d'eau et dit :

— Je n'ai jamais amené quelqu'un chez moi. Voyez-vous, c'est un espace sacré, un sanctuaire dans lequel je me suis interdit tout écart, à plus forte raison les ébats amoureux !

Il l'interrompit :

— Je ne comprends pas, il y a une minute ou deux vous m'invitiez à venir voir l'appartement !

Elle sourit et dit :

— Voir ce qui vous appartient ne devrait pas engendrer de malentendu !

— Eh bien, d'accord, je veux bien voir à quoi ressemble l'appartement des jumeaux.

Elle fit une moue et dit :

— Il ressemble surtout à moi-même. C'est normal, j'y vis depuis trente-deux ans. Néanmoins, je crois avoir préservé une certaine atmosphère.

— Vous voulez dire une atmosphère de l'époque ?

Cette réflexion l'alerta. Elle répondit :

— De l'époque, oui, c'est ça !

Il dit :

— Une atmosphère de guerre, de pénurie, de souffrance ?

Elle le regarda curieusement et confessa :

— Figurez-vous qu'il s'y passe d'étranges phénomènes. Parfois les murs parlent, les poutres se plaignent. On dirait des murmures d'enfants.

— C'est comme sur les bateaux !

— Oh non, sur les bateaux il s'agit du gréement ou du vent qui s'engouffre dans les écoutilles. Ou bien alors c'est la coque qui gémit, l'étrave qui déchire la vague.

Etonné, il demanda :

— Vous faites de la voile ?

Elle eut un beau sourire et démentit :

— Oh non, j'ai le mal de mer.

Machinalement, elle joua sur les mots :

— Malheureusement j'ai aussi le mal de terre !

Elle se reprit aussitôt :

— C'est idiot, on parle, on parle et je ne sais même pas ce que vous faites dans la vie.

Il parut surpris et dit :

— Moi, je suis obtenteur !

Elle rendit la surprise :

— Obtenteur, c'est quoi ?

— C'est quelqu'un qui crée des roses. J'invente de nouvelles variétés. Quelquefois même il s'agit d'une rose unique. Elle ne vit que quelques jours, l'espace d'une existence de rose. Et puis, je l'enterre.

— Vous l'enterrez parce qu'elle n'est pas belle ?

— Non, parce qu'elle est trop belle. Trop en avance sur son temps, sur la mode, et que l'on ne saurait l'admirer comme il se doit.

Il poursuivit :

— Mais attention, il m'arrive de les déterrer et de leur donner une seconde chance. Un obtenteur, c'est comme un grand couturier, sauf que chez moi, dans les défilés, ce sont les corolles qui se déhanchent et les tiges qui montrent leurs cuisses.

Voyez-vous, certaines de mes fleurs peuvent surprendre. Elles ont des couleurs extravagantes, des formes excentriques. D'autres, au contraire, classiques, s'habillent de tons pastel. Leurs pétales s'étagent en subtils dégradés. On y trouve toute la gamme des gris et des bleutés, et même des noirs. Rendez-vous compte ! Du noir dans mes roses rouges. Et des filets bleus, des stries orange et vertes, des couleurs plumes de perroquet.

Noam transcendait. Il donnait de la fièvre aux mots. Il la regarda de son œil vif et ajouta :

— Et lorsqu'il me vient à l'idée de pulvériser ma fleur d'un léger nuage d'eau, apparaît tout à coup l'arc-en-ciel des roses. C'est quelque chose de très rare, d'aussi improbable que d'apercevoir le rayon vert quand plonge le soleil à l'horizon de l'océan.

Elle s'enthousiasma :

— Vous faites un métier passionnant. Saviez-vous que la rue des Rosiers tient son nom des églantiers qui y foisonnaient au Moyen Age ? Il y a même cette devinette dans une comptine de l'époque : « Nous sommes cinq frères nés en même temps : deux sont barbus, deux imberbes, le cinquième n'est barbu qu'à moitié. Qui sommes-nous ? Eh bien, nous sommes les cinq pétales de la rose : deux sépales lisses, deux frangés, le cinquième frangé unilatéralement ! »

Il s'amusa de la comptine. Non, il n'imaginait pas la rue des Rosiers aussi riante. Il s'apprêtait même à avouer qu'il avait découvert cette rue par hasard quand il se reprit. Alors il mentit juste pour voir comment elle réagirait.

— Vous ne me croirez pas parce que c'est incroyable. Tout petit déjà, je devais avoir cinq ou six ans, quand il y a eu l'attentat chez Goldenberg.

Alors j'ai eu envie de venir voir. C'était en moi comme un devoir, comme une mystérieuse douleur. Mes parents m'ont charrié. Ils ont décrété que je faisais un caprice, que c'était une rue de Juifs et que je n'avais pas à me mêler de cette histoire.

Elle donna dans le piège. Cette confidence venait à point. Comme l'arc-en-ciel des roses, elle l'enchantait. Pas de doute : Noam était bien l'enfant d'un des jumeaux.

Elle demanda :

— Quand vous étiez petit, avez-vous eu le sentiment d'un mystère familial et que vos parents n'étaient peut-être pas vos parents ?

Il hésita et répondit :

— Tous les enfants se posent ces questions à propos de leurs parents. Mais c'est vrai, j'y pensais souvent.

Il marqua un temps et dit :

— Il y a si peu d'affinités entre eux et moi que je me suis forcément monté la tête.

Elle en vint naturellement à Anne-Marie Donin de Clavières, l'énigmatique dame qui recueillait des orphelins juifs dans sa propriété des Alpes-Maritimes. Attentive, elle demanda :

— Dans votre enfance, avez-vous entendu des choses, des rumeurs sur la bastide du Fortin ?

Il n'en revenait pas. Qu'est-ce que la bastide du Fortin venait faire là aussi abruptement dans un restaurant de la rue des Rosiers ?

Déconcerté, il dit :

— Quoi ? Vous connaissez la bastide du Fortin, à Gourdon ?

Cette fois, il n'y avait plus de doute possible. Elle s'efforça de cacher son trouble et dit :

— Oui, j'en ai entendu parler.

Il demanda ingénument :

— A cause de ses roses ?

Elle sursauta :

— Ah bon, il y a aussi des roses à la bastide ?

— Bien sûr, la bastide appartient à un rosiériste génial, M. Dutreux, j'y ai fait un stage il y a quelques années. Il m'a beaucoup appris...

— Incroyable ! murmura Charme.

— Qu'est-ce qui est incroyable ?

Tout émue, elle dit :

— Eh bien tout ça, notre rencontre, votre parcours, mes recherches, les roses, la bastide. Vraiment, j'ose à peine y croire, c'est trop beau !

Il aimait quand son visage s'illuminait. Elle s'offrait. Elle donnait prise. Sûr, elle allait se laisser attraper...

Il se disait que tout cela avait commencé par un malentendu.

Il l'avait aperçue sortant de chez elle. Elle était belle, fragile, romantique. Il lui avait souri. Il ne pensait à rien d'autre. Enfin, sait-on jamais ! Il pensait tout de même à la draguer. Ça n'était pas le genre.

Peureuse, redoutant l'abordage, elle avait répondu à son sourire pour le fuir aussitôt. Ensuite, il y avait eu tout un jeu de regards dans le reflet des vitrines.

N'osant l'approcher carrément, il l'avait suivie nonchalamment.

Intriguée, elle s'était retournée.

Prise en flagrant délit, elle avait allongé le pas.

Il était revenu sur les siens pour entrer dans la librairie. Il était sûr de la revoir. C'était le type de filles qui l'attirait. Elle était sensible, cérébrale. Le contraire de Laetitia.

Il se félicitait : à peine débarqué de la gare de Lyon qu'il se payait une touche du tonnerre !

Entre la fin de la matinée et la soirée tant d'événements s'étaient produits qu'il voyait les choses autrement. A vrai dire, il ne savait plus très bien où il en était dans cette partie de cache-cache : tantôt ombre, tantôt lumière. Tantôt habile ou lourdaud, il entrait tant bien que mal dans la peau d'un autre sans tout à fait perdre la sienne.

Comme le serveur disposait les tasses de café, elle attendit qu'il s'éloignât et prit un air de circonstance.

En confidence, elle murmura :

— Voyez-vous Noam, nous sommes séparés par plusieurs générations. Et notre âge n'a rien à voir là-dedans. C'est la faute à mon travail. Vous êtes dans le présent, je suis dans le passé. La preuve : vous voyez des roses à la bastide du Fortin. Moi, je n'y vois que des orphelins, que de pauvres petits bonshommes juifs, que de pauvres petites bonnes femmes cachées des Allemands et que l'on cherche à placer dans de respectables familles catholiques.

Elle posa sa main sur celle de Noam et reprit :

— Naturellement, votre bon M. Dutreux, ce génial obtenteur, est innocent. A l'époque il n'habitait pas encore le domaine. Mais innocent n'est pas le mot car rien ne prouve que la propriétaire des lieux fût coupable. Elle a brouillé les pistes. Et c'était sans doute plus prudent de tenir à distance la Milice et la police. L'ennui, c'est que nous ne possédons aucun indice sur l'identité et le placement des enfants.

Elle tapota machinalement la main de Noam et ajouta :

— J'en suis intimement persuadée, les jumeaux Rosenweig ont transité par cette bastide.

Il se dit que les déductions de Charme étaient basées sur l'intuition mais qu'elles étaient vraisemblables.

Lui-même faisait grand cas de l'intuition. Il imagina son père, pauvre petit gosse morveux, bébé affamé par un long voyage, arriver clandestinement à la bastide du Fortin sous le manteau d'un passeur.

Il se représentait assez bien la scène. Il entendait les pleurs, les mots de consolation. En revanche, il voyait beaucoup moins bien ce petit enfant juif grandir dans la peau de Raymond Verner, son père. Il se demandait qui de David ou d'Elie avait été placé à Antibes et dans quel genre de famille. Lequel des deux avait été baptisé Raymond ? Toujours est-il que Raymond ne fut pas gâté par la vie. Il eut une jeunesse difficile. Après le certificat d'études on le plaça dans une ferme comme vacher, garçon à tout faire et à tout subir. A seize ans il quitta la ferme pour exercer trente-six métiers, des pis-aller, des minimums vitaux.

Non, Noam n'imaginait pas son père autrement qu'en Verner. Dans la famille, tout le monde sortait du même moule : des prolos, des gens du peuple. Une noblesse ouvrière. Et fière de l'être. Tous avaient mangé de la vache enragée. Personne n'avait vraiment réussi. Tous n'exerçaient que des petits métiers. Pour finir, dans les années soixante-dix, Raymond accepta une place de gardien dans la propriété des Boulard, un richissime promoteur immobilier. Noam y avait passé son enfance. Y était-il né ? Avait-il été adopté par les Verner ? Et pourquoi ceux-ci, des gens modestes, auraient-ils éprouvé le besoin de se charger d'un troisième enfant ?

Durant des années Noam fut intrigué par son prénom. C'était un truc absurde, un non-sens. Comment peut-on s'appeler Noam Verner quand son frère se nomme Marcel et sa sœur Marceline ? Mais il y avait autre chose de bien plus embarrassant. Noam ne ressemblait ni à son père, ni à sa mère. Peut-être était-il tombé du ciel ? Peut-être l'avait-on ramassé sur le bord du chemin ? Peut-être l'avait-on ficelé sur le porte-bagages d'une bicyclette avant de le décharger à la maison ?

Il y avait si peu d'affinités entre Noam et ses parents, si peu de correspondance et d'échanges en dehors d'une tendresse aussi conventionnelle qu'obligée que Noam s'était bâti une autre vie, un autre monde. Il s'était cru abandonné par sa mère, une toute jeune fille, sur les marches d'une église. Il avait pardonné. Il avait trouvé des excuses, conçu des scénarios extravagants. Il avait envisagé des retrouvailles à la *Sans famille*, à la *Oliver Twist*. Il avait fantasmé autour de cette mère inconnue. Et voici qu'à présent cette mère s'effaçait et qu'elle laissait sa place à un père. En un rien de temps, l'espace d'un voyage en train Nice-Paris, Noam était devenu l'enfant de la rue des Rosiers, héros malgré lui d'une énigmatique tragédie.

Chapitre II

Il y avait maintenant plusieurs mois que Noam habitait à l'hôtel. Plusieurs mois que les deux amants s'y retrouvaient. C'était arrivé comme cela, naturellement, sans résister, sans tricher.

Après le dîner, elle l'avait invité à visiter l'appartement.

Le cœur battant, elle observait ses réactions. Il paraissait naturel. Peut-être un peu trop. On aurait dit qu'il connaissait. Il se déplaçait comme s'il était chez lui.

D'un air heureux, il dit :

— C'est curieux, on dirait que je suis déjà venu ici.

Radieuse, elle s'écria :

— Mais vous y êtes né, Noam !

Il rectifia :

— Non, pas moi. Vous vous trompez d'époque.

— C'était une image, répondit-elle. Voyez-vous, Noam, les gènes familiaux véhiculent des monceaux d'impressions. Bien des gens ressentent par procuration ce que leurs proches ont enduré de mauvais ou partagé de bonheurs. Et puis les lieux jouent un rôle essentiel. Ils restituent la chronique des murs. Et ici, Noam, les murs ont une mémoire d'éléphant !

Charme ne croyait pas si bien dire.

Etait-ce l'effet de cette mémoire des murs ou bien l'effet d'une profonde émotion, dès qu'il entra dans le deux pièces de Mme Zelasny que Charme avait transformé en bureau il s'y sentit mal à l'aise.

Le deux pièces n'en formait plus qu'une seule. Elle était sombre et un peu désuète. De moderne, de récent, il n'y avait que l'ordinateur et la bibliothèque. Le reste était conservé en l'état.

Noam se racla la gorge. Il eut un étouffement, une espèce de crise d'asthme.

Il s'excusa et passa au salon où il reprit sa respiration. Ça n'était ni le moment ni l'endroit pour draguer.

Sincèrement navrée de l'incident, Charme partit dans de longues explications et se dit prête à quitter son logement et à le lui rendre.

La famille Delestaing l'occupait depuis 1942. C'était à lui, désormais, d'y habiter. A lui de s'y habituer. A lui de faire taire les murs et d'apaiser les esprits. Ceux-ci d'ailleurs ne se manifesteraient plus.

A son tour, Noam trouva des explications et refusa l'offre. C'était trop soudain. Il devait réfléchir.

Ennuyé d'être pris pour un autre, il ne se voyait pas en imposteur. Il raisonna Charme avec précaution.

Certes, il avait eu le sentiment de reconnaître les lieux, mais ça ne prouvait rien. Il parla de son hypersensibilité, une sorte de septième sens qui lui permettait parfois de se transporter dans l'imaginaire. C'est ainsi, dans cet état de réceptivité, en osmose avec son sujet, en direct avec une certaine démence, qu'il créait ses roses les plus classiques comme les plus extraordinaires. Non, il ne pouvait accepter. Il était obtenteur, pas voleur. Quelle que soit sa naissance, quelles que soient ses origines, il était marqué à jamais par sa vocation. Et sa vocation, c'était d'inventer des fleurs. Des fleurs qui émeuvent et donnent des coups au cœur. Des fleurs qui embaument le passé comme on embaumait jadis les princes égyptiens. Des fleurs qui parlent au présent, qui racontent des histoires et symbolisent l'histoire. Des fleurs pour répondre aux fusils. Des fleurs pour ensanglanter l'ennemi d'une couleur écarlate. Des fleurs pour faire rougir les bourreaux et apaiser les innocents. Des fleurs enfin, mais surtout la rose, parce que la rose, c'est ce qu'il y a de meilleur dans l'homme.

Partagée entre compliments et désillusion, comprenant peut-être qu'elle allait, elle aussi, trop loin dans l'irréel et le fantasmagorique, Charme offrit à Noam de conjuguer leurs talents. Pourquoi ne pas mettre en commun leur passion, et faire de la rue des Rosiers leur propre musée secret du martyre et de l'héroïsme ? Pourquoi ne pas honorer les victimes de la barbarie d'une rose qui porterait leur nom ?

Elle voyait bien ce musée vivant, cette roseraie aux mille senteurs où chacun aurait sa fleur à défaut d'avoir eu sa tombe.

Et des barbaries, Charme en avait inventoriées des milliers. De l'an 600 à l'an 2000, les Juifs ne cessèrent de payer le prix fort.

Noam la regardait les yeux écarquillés. Incroyable, ils se fréquentaient depuis quelques heures seulement, et voilà qu'elle le devançait, qu'elle développait son idée. Il ne se souvenait pas lui en avoir parlé.

Etait-ce, là encore, un phénomène de transmission de pensée ? Les jumeaux s'étaient-ils manifestés et approuvaient-ils le projet ? Comment expliquer autrement une telle concordance d'esprit ?

Chez lui, pourtant, ce matin, ça n'avait été qu'un soupçon d'intention.

En découvrant l'architecture du mémorial juif, il s'était demandé comment on peut contenir la mémoire des suppliciés entre quatre murs quand bien même ces murs seraient murailles ou remparts. Trop de souffrance, de tourments. Trop de cris d'enfants dans la nuit, le brouillard. Trop de squelettes à la mâchoire encore criante. Trop d'ossements disloqués. Trop d'orbites énucléés.

Ça n'avait été qu'une idée, qu'une réflexion. Il s'était dit qu'il faudrait peut-être faire comme Kriloff avec les femmes de Ravensbrück et créer des roses de tragédie. Des roses du malheur absolu. Des roses de mémoire longue.

Il était épaté. Cette fille était-elle sorcière ou fée ? Pour le savoir, comme cela, à l'instinct, sans vraiment y penser, naturellement, il l'avait prise dans ses bras.

C'était donc une fée. Ils s'étaient embrassés longuement, à l'infini, à pleins pétales, jusqu'au bout d'eux-mêmes.

Et comme il dégrafait le soutien-gorge de la fée, elle lui fit comprendre qu'ils n'arriveraient pas à s'aimer dans cet appartement. Il s'y était passé trop de choses. Les murs n'approuveraient pas.

Alors, sans un mot, pas même un chuchotement, le tenant par la main, par le bras, pas à pas, elle l'avait accompagné jusqu'à son hôtel.

*

Trois mois déjà.

Aux nuits fougueuses, quelquefois boudeuses, succédèrent des journées studieuses où tous deux imaginaient leur édifice de roses élevé à la mémoire des martyrs inconnus de la rue des Rosiers. Il s'agissait là d'une énorme entreprise sentimentale qui s'étalerait sur plusieurs années et dont l'excessive originalité s'entourerait nécessairement du secret. Les amis, les voisins, les notables, de même que les plus hautes instances de la communauté juive étaient tenus hors du projet. On avait également écarté les très nombreuses sociétés d'obtenteurs et les différents organismes officiels chargés d'homologuer les nouvelles créations.

Jusqu'alors, et pour le monde entier, quelque douze mille roses personnalisées avaient été attribuées, pour la plupart, à des grands noms de l'aristocratie et de la haute bourgeoisie. Bien sûr, il y avait des exceptions, comme la Vartan, la Charles Aznavour ou la Mistinguett. C'est que des chanteurs, des comédiens, des artistes issus du peuple parviennent quelquefois, talent oblige, à faire de leur nom un prestigieux patronyme.

Pour avoir potassé le Gotha des roses, Noam savait que l'ouvrage était éminemment élitiste. Naturellement, il y avait bien une rose Dupont mais c'était une Dupont de Nemours, une rose Durand mais c'était une Durand-Ruel, une rose Martin mais c'était une Saint-Martin. Pas de rose Rabelais, mais une Pierre Ronsard. Pas de rose Balzac mais un « Lys dans la vallée ». Pas de rose Danton. Pas de rose

Robespierre. Curieux, pas de rose Napoléon. La Bonaparte n'aurait donc jamais été inventée ? Pas de rose Victor Hugo. Trop « misérable » peut-être ! Et pourquoi pas la Gavroche ? la Cosette ? la Jean Valjean ?

Pas de roses pour les condamnés, les amnistiés. Le capitaine Dreyfus n'était pas à l'honneur du Gotha. Pas davantage Seznec. On y trouvait pourtant la rose Général MacArthur, obtenteurs Hill et Dickson, une mi-double au parfum suave et puissant.

Peu de roses juives. Il y avait tout de même une Madame Isaac Péreire de l'obtenteur Garçon, une carmin vif aux senteurs enivrantes. Mais comment expliquer le succès universel de cette rose dédiée en 1881 à l'épouse d'Isaac Péreire ?

Noam réfléchissait. Devait-on dire : Isaac Péreire, premier Juif français nommé parlementaire ? Ou devait-on dire : Isaac Péreire, premier parlementaire juif de France ?

Noam se disait que la rose Emancipation manquait singulièrement au tableau comme manquait la rose Révolution française et la rose Droits de l'homme.

Charme s'étonnait à son tour de ces choix, de ces manques. Evidemment, elle ne s'attendait pas à trouver des roses Ben Guigui, des roses Bénichou, des roses Mohamed. Il n'empêche que des générations de Rothschild y figuraient en toutes variétés, qu'elles soient hybrides de Thé ou Gigantéa, hybrides de Gallicanae, rosiers du Bengale ou de Chine, sans oublier, bien entendu, toutes ces merveilleuses roses anglaises. Des trésors d'invention et de hardiesse qui sont à l'horticulture ce que Shakespeare et Jonathan Swift, Oscar Wilde et William Blake sont à la littérature d'outre-Manche. Décidément, on peut dire que les Rothschild ont été superbement servis par les roses. Ils le leur ont bien rendu.

Penchée égoïstement sur son manuscrit, Charme n'aurait permis à personne de regarder par-dessus son épaule. L'écrivain n'est pas seulement égoïste, il est égocentrique. Il tourne autour du monde. Et en même temps, le monde tourne autour de lui.

Cette fois, en acceptant d'être lue, elle dérogeait à la règle. Pour faire comprendre la rue des Rosiers à Noam, il n'y avait pas mieux que son propre livre. Tout y était dit et raconté chronologiquement.

Au fil du récit et des époques, Noam n'aurait plus qu'à choisir celui ou celle qui méritait son attention.

Et Noam s'empara du livre de Charme intitulé tout simplement *Rue des Rosiers.* Pour le jeune obtenteur, c'était une base d'inspiration, un espace fertilisé par le sang et les larmes. Plus tard, quand il possédera son terrain, ses serres, il mêlera à ces pages ses propres émotions jusqu'à entrer dans l'autre et investir son esprit.

Pour créer une rose, disait-il, on doit commencer par s'assassiner soi-même. Il n'y a pas d'autre façon de renaître. A toute mort succède une rose. A toute rose succède une autre rose.

Elle découvrait Noam. C'était un artiste, surdoué, un génie de l'interprétation. Il transcendait la réalité.

Il était jeune et beau. Il remplissait sa vie. C'était comme s'il avait toujours été auprès d'elle, comme si le fantôme des jumeaux s'était mué soudainement en un être de chair. Peu lui importait maintenant qu'il soit fils de David ou d'Elie. Il était l'enfant des deux, l'émanation subjuguante des petits disparus dont la famille Delestaing ne s'était jamais vraiment séparée.

A force d'équivoques, de méprises, de situations ambiguës, Noam s'était mis à y croire. Il se découvrait autrement, s'imaginait une naissance peu commune. Mais pourquoi l'aurait-on abandonné ? Pour quel motif ? quelle raison ? Son père avait-il séjourné à la bastide du Fortin comme le prétendait Charme ? Ne serait-ce pas plutôt lui-même ? Il se voyait bien dans la peau d'un nourrisson déposé dans la roseraie par un bénévole de l'Agence juive. Ça ne collait pas. En 1942, il n'y avait ni roseraie, ni Noam. Juste Elie et David. Ou alors, d'autres Elie, d'autres David, pauvres mômes ballottés de cache en cache dans l'attente de trouver une famille d'adoption.

Noam se demandait si l'adoption est contagieuse comme la varicelle ou la rubéole. Est-ce que ça s'attrape ? Est-ce que ça se refile obligatoirement de père en fils ?

Il voulait bien admettre que son père fût recueilli. Mais pourquoi son père, dont il ignorait jusqu'à l'odeur, jusqu'à la tendresse, l'aurait-il à son tour apporté dans un couffin chez les Verner ?

Vraisemblablement, il y avait une réponse. Et cette réponse ne le surprenait pas vraiment. Ça n'était pas la peine de chercher midi à quatorze heures. Pas la peine de s'inventer des princes et des princesses. Pas la peine de vivre au-dessus de sa vie. Pas la peine d'en faire un mystère. La réponse s'imposait : Noam était tout simplement le fils de Raymond.

Il n'aimait pas cette vérité. Il préférait s'en éloigner. Alors il inventait. Il se disait que Raymond était David, à moins qu'il ne fût Elie.

Inutile de l'interroger. Raymond n'en savait rien

et s'en foutait. On l'avait amené quelque part, chez quelqu'un. Il s'agissait d'un certain Marcel Verner, garde-barrière de son état. Et Marcel avait gardé Raymond. De ce jour, Raymond était devenu son fils, son enfant. Pourquoi lui dire que personne n'en voulait et que faute de mieux on l'avait amené chez les cheminots du passage à niveau ?

C'était une histoire comme une autre, quelque chose de plausible et qui tenait debout. L'ennui, c'est qu'elle ne satisfaisait Noam qu'à moitié. Certes, à travers elle, il découvrait sa judaïcité et sa différence. Mais ça ne l'emballait guère. Il avait beau s'y efforcer, développer des trésors d'imagination, il ne parvenait pas à voir Raymond autrement qu'en Raymond. Là encore, ça ne collait pas vraiment. Et puis Charme s'y entendait à merveille pour le guider vers d'autres vies.

Elle n'en démordait pas. Il était le fils d'Elie ou de David. Le fils de personne d'autre ! On ne devait pas s'écarter de cette voie sous peine de se déchirer interminablement.

Les jumeaux s'étaient enfin révélés à travers Noam et il n'y avait pas d'autre vérité que celle-ci : Noam était le petit-fils prodige de Chaïm et Sarah.

*

Noam ne pouvait lire sans imaginer. Pris par l'histoire, il se transportait aussitôt sur les lieux et dans l'époque. Il vivait ainsi l'événement en direct et s'en trouvait inévitablement bouleversé.

Tout ce qu'il lisait concernant la rue des Rosiers ne méritait pas d'être mis en scène. La rue était pourtant comme un grand théâtre où se jouaient constamment des tragédies.

D'un côté les bons, de l'autre les méchants. D'une part les impurs, les traîtres qui dénoncèrent le Christ aux Romains. De l'autre, ceux qui les harcelaient et les accusaient de ce crime mais aussi de tous les maux. Et en premier de survivre en pratiquant une religion de l'abominable. Et les accusateurs, quels que soient le moment, la période, s'entêtaient à nier l'apport du judaïsme dans le catholicisme, de même qu'ils ne reconnaissaient pas Jésus comme le prestigieux chef de file juif d'un mouvement sectaire.

Dans les années 570, les Juifs furent interdits de paraître en public, de la Passion à Pâques. Ils durent se cacher ou se dissimuler. Ils ne pouvaient boire ou manger à la table d'un chrétien.

Quelque temps plus tard, Childebert, roi de Paris, ordonna à tous les Juifs du Marais d'abjurer leurs croyances et d'adopter la religion officielle. Ça n'était qu'un début dont on ne verra peut-être jamais la fin.

A cette époque, un certain Priscus, orfèvre et amateur d'objets précieux, fut convoqué par le roi désireux de faire estimer son trésor.

Ayant peur d'être roulé par ce Juif malin, Childebert voulut le faire bénir avec tout le faste qui entoure ce rituel.

Priscus, petit homme droit au physique comme en esprit, ne put accepter pareil « hommage ».

Le Mérovingien s'emporta :

— Tu me fais injure, ô Juif ! Eh bien, pour te punir, j'ordonnerai que l'on baptise de force tous ceux de ta race sous peine d'avoir les yeux crevés. Et d'ailleurs, je vais commencer par toi.

— Si tu me crèves les yeux, ô mon roi, comment pourrai-je estimer ton trésor ? répliqua Priscus.

Le roi trouva la chose fort juste et dit :

— Soit, je te gracie.

Joignant le geste à la parole, le roi tendit sa coupe au Juif et dit :

— Eh bien cher Priscus, bois donc un peu de ce vin et ne parlons plus de religion.

Pris au piège, Priscus cherchait les moyens de s'en sortir. Alors il dit :

— Ô mon roi, je ne puis boire ce vin que tu m'offres si généreusement...

Vexé, le roi jeta sa coupe à terre et brandit sa dague.

Devançant la colère du monarque, Priscus se saisit d'un bol d'argent dans lequel son hôte s'était lavé les mains. Il le porta à ses lèvres et le vida d'un trait.

Reprenant sa respiration, il dit :

— Vois-tu, ô mon roi, tu me crois irrespectueux envers ta personne. Plus simplement, je te montre par ce geste que je ne considère pas comme impur ce que tes mains ont touché. Ce qui est impur, c'est le vin que tu me proposais car ma religion m'interdit de le boire.

Au lieu d'apaiser le courroux du roi, la parole du Juif l'exacerba tant qu'il mit Priscus en prison.

Il ne le relâcha que six mois plus tard.

Epuisé, amaigri, Priscus estima le trésor du roi à son juste prix et put enfin regagner le Marais en toute liberté. Du moins le croyait-il. Chemin faisant, il comprit : le roi avait malheureusement tenu parole. Plus personne n'était revêtu du talith. Tous les Juifs du quartier portaient maintenant l'habit chrétien. Ils allaient à l'église, priaient le Seigneur Jésus-Christ.

Pour certains, cela n'était qu'apparence et camouflage car ils continuaient à judaïser en secret. D'autres collaboraient, tel le sinistre Phatir, récemment converti. Non seulement Phatir se trahissait lui-même mais encore dénonçait-il les irréductibles.

Pis encore. Apercevant Priscus dans ses habits de Juif, il alla à sa rencontre, se précipita sur lui et le transperça de trente-trois coups de poignard.

Ainsi commença l'histoire des Juifs de Paris : par un meurtre.

Noam se disait que Priscus méritait bien une rose. Il l'inscrivit en premier sur sa liste. Pour l'espèce et la variété, il verrait en temps voulu.

Et Noam continua sa lecture.

Il n'en revenait pas. Si ce sacré Charlemagne, comme le chantait France Gall, avait inventé l'école, son successeur Louis le Débonnaire inventa Agobard, archevêque de Lyon et primat des Gaules.

Depuis Pépin le Bref tout allait pourtant bien mieux entre Juifs et chrétiens. L'époque était à la détente, à la clémence. Les Juifs voyageaient où ils voulaient. Libre à eux d'exercer leur profession. Ils étaient commerçants, cultivateurs, propriétaires fonciers, banquiers, prêteurs sur gages, bijoutiers, menuisiers, artisans. Ils avaient l'autorisation, comme tout le monde, d'acquérir des esclaves non chrétiens, de les exploiter, de les vendre, voire de les convertir et de les adopter ensuite au sein de la famille.

Jamais encore il n'y avait eu autant d'écoles talmudiques et de synagogues réparties entre l'île de la Cité et le Marais. Quelques notables, excellents négociants, conseillaient la Cour en placements lucratifs. Choyés, respectés, ils habitaient les beaux quartiers et rien, en dehors de leurs singulières pratiques, ne les distinguait des voisins les plus prospères.

Après le ciel bleu, les nuages, la pluie, les frimas. Survint alors Agobard. Il rédigea en latin cinq épîtres anti-juives dont la portée aurait de graves conséquences. Mais écoutons Agobard s'exprimer lui-même devant Louis le Pieux : « Avec quelque bienveillance que nous les traitions, nous ne réussissons pas à les attirer à la pureté de notre foi spirituelle. Au contraire, plusieurs d'entre nous partagent volontiers avec eux les mets du corps et se laissent séduire par leur nourriture d'esprit. En effet, les choses en sont venues à ce point que les chrétiens ignorants prétendent que les Juifs prêchent mieux que nos prêtres. Quelques-uns vont même jusqu'à fêter le sabbat avec les Juifs et à violer le saint repos du dimanche. Beaucoup de nos femmes vivent comme domestiques ou comme ouvrières à gage des Juifs. Et ceux-ci les détournent de leur devoir. Des hommes du peuple, des paysans se laissent entraîner dans un tel océan d'horreurs qu'ils voient dans les Juifs le seul peuple de Dieu respectant vraiment l'observance d'une religion pure et d'une foi bien plus certaine que la nôtre... »

Et Agobard de se plaindre amèrement des fables sacrilèges que les Juifs colportent sur Jésus, sur la Vierge Marie et sur les apôtres.

Avec rage et haine à l'encontre de ce peuple félon, il prévint l'empereur et le plaça devant ses responsabilités.

« Les Juifs, abusant de la simplicité des chrétiens, se targuent mensongèrement d'être chers à vos yeux à cause des patriarches dont ils descendent. Ils exhibent des ordonnances signées de votre nom et revêtues de votre sceau d'or, qui renferment des paroles que je ne puis croire véritables. Ils montrent les robes que leurs épouses, prétendent-ils, auraient reçues en cadeau de votre famille et des matrones du palais. Ils se vantent d'avoir reçu de vous, contrairement à la loi, le droit de construire de nouvelles synagogues.

A cette méprise par les âmes correspond l'influence juive sur les mœurs et les usages. Ainsi les prévôts, pour que les Juifs puissent célébrer librement leur sabbat, ont ordonné de transférer à un autre jour le marché qui se tenait le samedi, laissant même aux Juifs le choix du jour de la semaine... »

Noam imaginait l'archevêque. Il le voyait petit, nerveux, tranchant. Il parlait avec fougue. Il croyait à ce qu'il disait. Des accents de vérité enflammaient son discours.

Et Noam s'interrogeait sur ses propres sentiments. Pourquoi cette lecture le révoltait-elle ? En quoi le concernait-elle ? Qu'avait-il, tout à coup, à prendre la défense des Juifs comme si ces pamphlets le touchaient personnellement ? Il se posait des questions : quelle était la part de l'atavisme ? la part de l'influence ?

Il se disait que Charme le façonnait et qu'il était sous son emprise. Après l'avoir mis au jour, elle le remettait au monde !

Noam reprit sa lecture. Pas de rose pour l'instant, mais des épines plein les mains.

Agobard préconisait une séparation absolue entre Juifs et chrétiens. « Que les Juifs se regroupent, qu'ils vivent en ghetto. Et surtout qu'ils n'en sortent pas. »

Dans ses diatribes l'évêque de Lyon se disait préoccupé par ce peuple du Proche-Orient qui s'éparpille de place en place. Ne noyaute-t-il pas, comme le ver dans un fruit, la chrétienté et la royauté dans l'espoir qu'elles pourriront, peu à peu, sous l'effet du poison qu'il leur injecte ?

Vingt ans plus tard, Amolon, le successeur d'Agobard, reprendrait le flambeau de la haine. Il maudirait l'infidélité des Juifs et chercherait à protéger les chrétiens d'une contamination qui ressemble fort à la peste.

Amolon demanda publiquement aux chrétiens de s'écarter de tout Juif croisé dans la rue. Il préconisait d'arracher le mal à la racine. Il prônait l'expulsion, l'expropriation. C'est tout juste s'il n'employait pas le terme de « déportation » un millier d'années avant la solution finale. Il n'empêche que les paroles d'Agobard et d'Amolon, auxquelles se joindraient bientôt celles des évêques de Reims et de Bourges, la préparaient à mots couverts.

Quand ça n'était pas des faits plus ou moins vérifiés qui déclenchaient la chasse aux Juifs, on recourait à des rumeurs. Et ces rumeurs étaient toujours les mêmes : tenaces et persistantes d'un siècle à l'autre. Gare aux Juifs si quelques personnes soudainement prises d'un mal de ventre se tordaient de douleur. L'origine du mal incombait aux Juifs. Les traîtres n'avaient de cesse que d'empoisonner les puits réservés aux chrétiens.

La rumeur courait de bouche à oreille. Et plus elle enflait, plus dense était la foule. On s'armait de piques, de bâtons et on s'abattait sur la rue.

On commençait par défoncer les devantures des magasins et les portes des maisons. Puis on fracassait le crâne des malheureux qui résistaient.

Pas de quartier, pas de pitié. Les prétendus coupables y passaient. Les rescapés ne devaient leur salut qu'à leur fuite ou à la charité d'un bon chrétien qui les abritait durant l'orage.

La chasse, en effet, ne durait qu'un temps d'orage. Elle éclatait, elle ensanglantait.

S'estimant vengés, les massacreurs voyaient à nouveau le ciel bleu. Ils pardonnaient et oubliaient. Jusqu'à la prochaine fois !

Dans la rue des Rosiers, on enterrait ses morts, on pansait les blessés. On réparait les dégâts.

Une autre rumeur faisait des ravages. Là, il n'était plus question d'orage mais de tempête. Ça commençait toujours de la même façon. Une mère affolée sortait de chez elle et criait, hystérique, que son enfant n'était pas encore rentré. Les Juifs l'avaient probablement égorgé et avaient pétri leur pain azyme de son sang.

En l'an 1191, vingt-trois Juifs du Marais payèrent de leur vie ce crime inventé de toutes pièces et finirent sur le bûcher.

Au soir de ces sinistres feux, l'enfant, un fugueur, revint chez sa mère. Personne n'en dit rien.

Trois ans plus tard, douze autres innocents furent brûlés vifs et accusés du même crime. Et il en serait ainsi tous les dix ou quinze ans, sorte de raz-de-marée sanglant qui balaierait d'une lame de haine le quartier tout entier. Et la même horreur allait se produire également en Alsace, en Touraine, en Provence, dans le Bordelais. Pas un coin du pays ne vivrait en paix !

Et comme si les morts innocents ne suffisaient pas à payer la dette des rumeurs, Philippe Auguste décida de saisir des biens juifs et d'annuler les créances des chrétiens contractées auprès des usuriers. Rien n'arrêterait la haine. On transforma les synagogues en églises. L'archevêque de Paris reçut celle de la rue de la Juiverie. Elle s'appellerait désormais l'église Sainte-Madeleine.

Pis encore, on chassera les Juifs du royaume. Oh, pas pour longtemps. Les expulsions seront bientôt suivies d'une clémence. On ordonnera le retour des parias. Mais les parias reviendront la rouelle jaune épinglée à la place du cœur.

Pourquoi se passer des Juifs quand la royauté a besoin de boucs émissaires pour mieux exploiter le bon peuple de Paris ?

Noam se demandait si Charme n'exagérait pas dans ses écrits. Il avait peine à croire qu'un Juif persécuté de mille façons puisse revenir vivre à Paris et y attendre d'être à nouveau chassé ou brûlé comme hérétique. N'y avait-il pas d'autre terre plus hospitalière ? Par exemple Cordoue, Grenade, Amsterdam, Riga, ou encore Cochin, à la pointe de l'Inde. Autant de villes et de pays où les Juifs, selon des dires anciens, auraient vécu en harmonie avec ces autres peuples.

Charme n'en était pas si sûre. Elle prétendait que l'on avait fait une légende de Cordoue. L'islam de Cordoue était peut-être plus tolérant envers le judaïsme que les chrétientés d'Occident. Cela n'empêchait ni les heurts, ni la discrimination.

Charme prétendait qu'il n'y avait jamais eu de paradis juif sur Terre et qu'il n'y en aurait jamais tant qu'Allah et Jésus ne parleraient pas d'une seule voix dans les mosquées et les églises. Elle était catégorique, tranchante. Cela n'allait pas avec sa personnalité. Dans la vie, elle doutait, elle avançait prudemment et n'hésitait pas à se remettre en question.

Noam se disait qu'elle avait été dépassée par son ouvrage, possédée par son sujet, comme elle l'était par son appartement. Les trois générations de Delestaing, cette mauvaise conscience familiale l'avaient certainement amenée à radicaliser ses écrits. La non-Juive, la chrétienne s'y flagellait constamment à travers des actes qu'elle n'aurait pu commettre.

Noam continua sa lecture. Il laissa pour plus tard un chapitre intitulé « Le procès du Talmud », daté des années 1240-1242. C'était un gros morceau. Il préféra s'intéresser à la mésaventure de l'usurier Jonathas.

Bon époux, excellent père de famille, Jonathas, la cinquantaine, un peu voûté et de santé précaire, tenait un commerce de prêt. Il prêtait d'ailleurs plus qu'il ne recevait, et ne s'y retrouvait pas toujours dans ses comptes quand un notable décidait tout de go de ne plus acquitter sa dette.

Le métier de Jonathas n'était pas de tout repos. Chez lui, on pleurait, on menaçait, on maudissait.

L'usurier n'était pas aimé mais les choses étaient ainsi faites que l'on ne pouvait s'en passer.

Jonathas prêtait sur un objet, un habit, un terrain, un logement. Il avançait de quoi marier les enfants, de quoi enterrer les vieillards ou tout simplement se procurer quelque nourriture.

Vaille que vaille, tout allait bien pour Jonathas qui

tenait boutique rue des Rosiers, à l'endroit où s'élève présentement l'immeuble du numéro 2.

Nous étions au début du mois d'avril de l'an 1290. Et la rue des Rosiers n'avait pas sa belle figure d'aujourd'hui. Partout, ce n'était que détritus, bouillasse et flaques d'eau. Néanmoins, quelques églantiers à grosses épines dissuadaient le groin des cochons et s'accrochaient de-ci, de-là aux façades des maisons.

Jonathas était pieux. Il fréquentait la synagogue trois fois par jour et s'interdisait toute pratique mécréante en période de fête et de sabbat.

Ce lundi matin 3 avril, il s'occupait, comme tous les matins de la semaine, à ôter les planches qui protégeaient sa devanture des voleurs et autres vandales, quand arriva Louise Berthou, une chrétienne de vingt-neuf ans. Bien qu'âgée, la Louise était encore accorte et ne boutonnait pas toujours son corsage jusqu'en haut comme il se devait.

Jonathas connaissait bien Louise Berthou. Il avait en gage plusieurs de ses vêtements et une douzaine de draps en lin de bonne qualité qu'elle tenait de sa grand-mère.

Louise tourna autour de l'usurier en le regardant d'un air équivoque.

— Que me veux-tu ? demanda Jonathas.

— Ce que je veux ! répondit la fille. Tu le sais bien !

— Qu'est-ce que je sais bien ? lança le Juif d'un air méfiant.

La Louise sourit alors de toutes les dents qui lui manquaient, et murmura :

— Rends-moi mes vêtements et je te donnerai ce que tu désires le plus en moi.

Ebahi, Jonathas répondit :

— Tu rêves, ma fille. De toi, je ne désire rien d'autre que ton bonheur.

— Justement, si tu acceptais ce que je te propose, tu pourrais lire le bonheur dans mes yeux !

Avec malice, elle ajouta :

— Dans mes yeux, et autre part aussi. Voyons, Jonathas, ne me dis pas que tu prends du plaisir à fourrager ton épouse ?

Bien embêté et troublé jusqu'au fond de lui-même, le prêteur répondit :

— Tu es sûrement beaucoup plus chaude que mon épouse, mais tu sais comme moi qu'un Juif ne peut avoir de rapports avec une chrétienne car si la chose venait aux oreilles d'autrui il serait dénoncé et finirait sur le bûcher.

— Oh, vois-tu, je suis si peu chrétienne que, pour Pâques, je n'irai pas même à la messe.

On ne peut deviner ce qui incita Jonathas à franchir le pas de l'interdit et à sauter dans le péché à pieds joints. Toujours est-il que ce bon époux, ce bon père de famille, ce bon Juif, cet homme parfait en somme proposa à Louise Berthou le marché suivant :

— S'il te plaît, ne me parle plus de ton corps. Plus loin de moi il sera, mieux je me porterai. En revanche, va donc à la messe et rapporte-moi cette fameuse hostie qui symbolise la chair de ton Dieu.

La Berthou le regarda bizarrement et dit :

— Mais que vas-tu faire de l'hostie, toi un Juif ? L'avaler serait péché mortel et tu calancherais aussitôt.

— Ne t'inquiète pas pour moi, répondit Jonathas en tremblant de tous ses membres, rapporte-moi l'hostie et je te rendrai vêtements et draps.

Louise accepta la proposition du Juif à contrecœur. Elle aurait préféré s'offrir à lui quitte à simuler le désir. Néanmoins, elle se rendit à la messe de Pâques en l'église Saint-Merri et revint avec l'hostie.

Elle trouva Jonathas très agité. Il fit entrer Louise dans son arrière-boutique et la prévint qu'il allait se livrer à une expérience. Il voulait en effet savoir si cette simple rondelle de pâte à pain possédait véritablement les pouvoirs que les chrétiens lui conféraient.

Louise n'était pas d'accord. Elle tenta de l'aguicher et releva ses jupes jusqu'aux cuisses. Rien à faire. Jonathas ne jeta pas même un œil sur sa nudité.

Elle dit :

— Laisse donc l'hostie en paix et monte plutôt sur moi comme le verrat monte sur la truie. Ne compte pas ton temps, j'ai tout le mien et je tiens à te satisfaire.

Jonathas ne voulut rien entendre. Il était comme possédé. L'hostie en main, il en étudiait minutieusement les deux faces et la tranche. Devant la bougie allumée, elle était transparente. A la lumière du jour, elle était translucide. Dans l'obscurité, elle dégageait un léger halo de lumière rose.

Surexcité, Jonathas prononça alors ces mots :

— Pour mon peuple, pour mon Dieu éternel tout-puissant, je vais maintenant percer ton secret !

Sur cette phrase qui effraya grandement la Berthou, l'usurier se saisit d'un clou et en transperça l'hostie.

Du sang jaillit aussitôt, éclaboussant le prêteur et la gageuse.

Surpris, décontenancé, Jonathas se dessaisit de

l'hostie et la jeta, par mégarde, dans un chaudron rempli d'eau en ébullition.

Miracle : l'eau devint rouge sang. Et jaillissant de ce magma bouillant apparut soudain une forme étrange voilée de vapeur. Il y eut alors un souffle fort. Le vent s'engouffra dans la maison et l'on distingua nettement en cette forme étrange la silhouette floue mais bien réelle du Christ en croix.

Jonathas fut saisi d'effroi.

Morte de peur, la Berthou se signa. Elle bouscula l'usurier et se précipita dehors en ameutant le quartier.

Les voisins, les passants s'attroupèrent devant l'échoppe du Juif. Ils virent de leurs yeux le Christ disparaître lentement derrière le halo de vapeur tandis que l'hostie, miraculeusement indemne, sortait du chaudron et virevoltait maintenant dans la pièce.

Coupable de sorcellerie, Jonathas fut roué de coups et conduit devant l'évêque de Paris, Simon Matifas de Buci.

Celui-ci mit aussitôt le Juif à la question et tout en le torturant l'engagea à faire pénitence.

— Quel mal ai-je donc fait ? demanda Jonathas. Réjouissez-vous plutôt de ce miracle et demandez-vous pourquoi votre Christ m'a rendu visite. Au lieu de cela, vous tailladez mon pauvre corps et vous battez à mort une innocente dont le seul tort est de m'avoir obéi en échangeant ses vêtements gagés contre une hostie sacrée.

Paralysé un moment par la douleur, il reprit :

— En vérité, le mystère de cette apparition vous accable parce qu'il vous échappe. Demandez-vous plutôt si Jésus et moi-même n'étions pas frères d'étable à Bethléem et si nous n'avons pas cheminé conjointement à travers le désert en prêchant la justice pour les déshérités.

Le discours de Jonathas irrita tant l'évêque de Paris que le Juif, déjà mal en point, fut traîné jusqu'au bûcher installé non loin de sa maison. Quand il vit la torche dans la main du bourreau, il demanda à l'un de ses jumeaux de lui apporter son exemplaire du Talmud.

L'enfant alla le lui chercher. Puis, lui et son frère regardèrent leur père périr dans les flammes.

On ne sait ce que sont devenus les garçons. La rumeur voudrait qu'ils aient accepté le baptême. Plus probablement, ils gisent dans les décombres de la maison que l'on s'empressa de détruire. Sur les ruines on bâtit une chapelle expiatoire, nommée chapelle des Miracles, où l'on conserva pieusement l'hostie.

La chapelle ne dura qu'un temps. Un incendie la ravagea. On transféra alors la relique rue des Archives, dans l'église Saint-Jean-en-Grève où elle fut présentée avec le clou qui l'avait transpercée. Chaque année l'hostie était portée en procession solennelle jusqu'à Saint-Merri. Des peintures antisémites illustrant le sacrilège de Jonathas furent exposées rue Charlot, en l'église Saint-Jean-Saint-François jusqu'en 1960. Elles ont disparu depuis. Personne ne sait ce qu'elles sont devenues.

Quant à Louise Berthou, nulle chronique ne mentionne sa fin. Gageons qu'elle fut atroce. On n'apporte pas impunément le corps de Dieu à un usurier juif.

Noam restait abasourdi. N'apprenait-il pas l'existence de deux autres jumeaux dont les ossements étaient mêlés au mortier et au ciment qui constituaient les fondations de l'immeuble dans lequel habitait Charme ? Cela faisait beaucoup de suppliciés sous ses pieds et au moins cinq roses à créer. Il se disait que Jonathas méritait même une pluie de roses rouges telle qu'on la voit dans certaines peintures médiévales où elles symbolisent la grâce divine. La rose rouge, c'est aussi le sang des martyrs, l'innocence assassinée, la pureté angélique.

Pour l'usurier, Noam se disait qu'il allait travailler sur un rosier de Jérusalem, un sarmenteux mystique qui donnait des roses de cent pétales. Le roi Hérode raffolait de ces fleurs. Il en orna la façade est du Temple. Les tons carmin tranchaient sur les feuilles d'or et parfumaient celles-ci d'ineffables senteurs.

Quand Titus s'empara du Temple, il le détruisit mais il épargna les rosiers. On dit qu'il les envoya à Rome où ils n'arrivèrent jamais. Il y a deux mille ans de cela. Et la rose de Jérusalem s'est éteinte avec le royaume.

A cette rose de Jérusalem dont il existait encore quelques spécimens entre les tombes de la nécropole, les croisés ont préféré la rose de Damas, une héritière de la rose du Fayoum, dite également « rose des tombeaux » parce que découverte négligemment posée sur le sarcophage d'un prince.

Et à cette rose du Fayoum, une mort-née, succéda miraculeusement, par hybridation naturelle, la rose Cléopâtre : une vivace et subtile fleur au parfum aphrodisiaque.

La reine avait pour habitude d'en joncher le sol

de ses demeures. De véritables tapis de pétales où s'enfonçaient ses gracieuses chevilles.

La coutume perdure en Orient et au Maghreb. La rose Cléopâtre, la Damas, la rose de Pangée, la Campanie chantées jadis par Pline l'Ancien charment les soirées royales de Rabat et de Marrakech, tout comme celles de la jet-set de Tanger à Marbella.

*

Il arrivait à Noam d'abandonner sa lecture pour partir avec Charme en grande banlieue ouest. Ils étaient à la recherche d'un terrain idéal, un clos plein sud entouré de pierres séculaires.

Ils poussèrent des pointes vers Crépières, Maules, Montainville, Neauphle-le-Château. Et comme cela ne donnait rien d'autre que des escapades riantes et coquines entre agences immobilières et chemins creux, ils continuèrent week-end après week-end à s'éloigner de la rue des Rosiers.

Ils finirent par trouver leur bonheur à Provins, terre d'origine des Gallica, ces roses d'autrefois que l'on peut admirer telles qu'elles étaient alors dans quelques peintures de Fra Angelico et de Raphaël, quand passion rimait avec religion et nativité avec créativité.

Provins, c'était la patrie de la rose française, une fleur issue d'un croisement antique et d'un croisement franc. Elle avait des vertus médicinales fort appréciées des apothicaires et des asthmatiques. Au fil des temps, elle devint Gallica Superbia, une reine d'ornement. Puis elle perdit de son aura parce qu'imitée et galvaudée dans tout le pays.

Non loin de Provins, ils trouvèrent la maison de

curé idéale. Le jardin envahi d'herbes folles donnait sur les champs.

Une brèche dans le mur laissait voir les chaumes coupés à mi-tige, grillés par le soleil.

Noam était aux anges. Ce jardin de curé réunissait toutes les qualités requises pour faire un laboratoire exceptionnel. Il y installerait une serre pour y protéger ses jeunes pousses du froid et des caprices imprévisibles de la nature.

Avec une bonne année d'avance sur son programme, Noam commença la préparation du sol. Il s'agissait d'un travail ingrat mais ô combien nécessaire. Il fallait non seulement désherber, retourner la terre en profondeur, mais encore la fertiliser avec des éléments naturels et nutritifs tels le fumier de cheval, la tourbe, le terreau.

Noam chaula également les parcelles argileuses et aéra les parties trop humides par un système de bambous installés sous les plants.

Tandis qu'il s'occupait du terrain, Charme auscultait les murs du presbytère. Elle s'était renseignée alentour sur les différents locataires ou propriétaires ayant habité la cure après que le dernier prêtre en était parti. La réputation de celui-ci n'était guère brillante. Il avait engrossé la bonne et tenté, lui-même, de l'avorter. La pauvre en était morte.

L'affaire fut classée sans suite. L'évêché remplaça la bonne à tout faire par une autre bonne à tout faire.

L'histoire se répéta, mais cette fois, l'homme d'Eglise ne contraria pas la nature. Ainsi naquit à la cure un beau bébé de 3,800 kilos.

Défroqué, le prêtre épousa la Portugaise et partit refaire sa vie aux Açores.

Entre le départ du curé et l'arrivée de Noam, deux familles occupèrent le presbytère. Des Parisiens qui croyaient avoir trouvé leur petit « paradis » n'y restèrent que quelques années. La maison du paradis devint la maison du divorce.

Enfin, après des années de paperasserie, un notaire de la région se rendit acquéreur du presbytère avec l'idée d'en faire sa garçonnière. Ça ne dura qu'un temps. A force de faire la vie, il eut une attaque cardiaque et rendit l'âme.

Eplorée, sa veuve mit le presbytère en vente. Il avait mauvaise réputation mais Charme n'en discuta pas le prix. Elle avait récemment touché d'un assureur japonais une somme exorbitante en compensation du décès de ses parents qui avaient trouvé la mort à Kobé dans un tremblement de terre dévastateur.

Noam laissait faire. Il dépendait entièrement de Charme. Depuis quelque temps elle le mensualisait. Ces quinze mille francs lui permettaient de se déplacer et d'inviter sa compagne à dîner lorsqu'il rentrait à Paris le dimanche soir.

On ne pouvait retenir Charme jusqu'au lundi aussi loin de chez elle. Elle aimait la turbulence de cette rue des Rosiers où Ashkénazes et pieds-noirs laissaient libre cours à leur tempérament tout en s'affrontant pacifiquement du verbe et du geste. Le peuple du Livre est aussi celui des mimiques.

Outre ces argumenteurs du dimanche soir, la rue grouillait de flâneurs et de touristes. Les uns venaient de Sarcelles ou de Saint-Denis. Les autres arrivaient de New York, de Pologne, de Tel-Aviv ou de Melbourne. Et à ceux-ci, amateurs de fallafels et de carpe farcie, aux banlieusards exilés, aux talmudeurs de quartier se mêlaient toujours deux ou trois survivants des camps, le crâne enfoui sous une casquette crasseuse. Il y avait aussi quelques vieilles yiddisheuses aux jambes gonflées, à la tête pleine de souvenirs et de musique, qui se plaisaient à taquiner les jeunes rabbins.

D'une pâleur maladive, impressionnants sous leurs grands chapeaux noirs, les rabbins laissaient dire et se faufilaient parmi la foule. Et dans cette foule du dimanche, il y avait toujours quelqu'un pour chanter. Toujours quelqu'un pour danser. Toujours quelqu'un pour discuter. Toujours quelqu'un pour vendre. Toujours quelqu'un pour acheter...

Charme n'entendait pas de voix dans la maison de Provins. Il ne s'y était passé, somme toute, que des choses de la vie courante.

A la longue, les murs ne retiennent que les tragédies, qu'elles soient individuelles ou collectives. Et les murs du presbytère n'avaient pas encore eu le temps de s'imprégner des malheurs des uns et des autres. Tout cela était trop frais, trop récent.

La pierre n'écrit ses mémoires qu'à partir d'un certain âge. Plus elle est vieille, plus elle raconte.

Noam aimait quand Charme se mettait à l'écoute des maisons. Il voyait les choses comme elle. Ce n'était pas un spécialiste de la douleur des murs, tout juste un technicien de la rose. Il croyait cependant à la sensibilité de la pierre. Et la pierre était comme une sorte de plaque à radiographier la détresse des êtres. Elle emmagasinait la douleur et la restituait ensuite à ceux qui savent écouter à l'oreille des murs.

*

Un jour, enfin, Noam quitta l'hôtel de la rue Vieille-du-Temple et vint vivre dans l'appartement. Ils en avaient beaucoup parlé. Ils avaient pesé le pour et le contre. Et puis Noam s'était décidé. Le pour, c'était de vivre ensemble, d'être l'un avec l'autre et l'un pour l'autre dans ce grand projet qui les animait. Le pour, c'était neuf mille francs d'économie par mois, le prix de la chambre. Le pour, c'était une manière de rendre à Noam ce qui lui appartenait de naissance : ce doux foyer d'où on l'avait évincé. Le pour, c'était de reconnaître aux Rosenweig et à Rosa le droit d'exister et de se manifester à travers Noam.

Le pour comme le contre, c'était l'inconnu. On ne savait pas quelle serait l'attitude des forces obscures qui veillaient sur l'appartement. On ne pouvait prédire comment ces esprits se comporteraient avec Noam. Encore moins comment Noam se comporterait avec eux. Le contre, c'était la crainte du malaise. Allait-on s'aimer ici comme on s'aimait à l'hôtel : librement, sans retenue ?

L'ombre des Rosenweig, cette présence discrète mais continuelle, n'allait-elle pas modifier leur comportement amoureux ? N'irait-on pas vers un refroidissement des rapports intimes ?

Le contre comme le pour, c'était tout le reste, toutes les choses auxquelles on ne s'attend pas et qui surviennent à l'improviste.

Au début, ce ne fut pas facile pour Noam. A force, il avait oublié qu'on le prenait pour un autre. Il s'était prêté au jeu sans penser à ses fatales conséquences. Ses silences, ses regards entendus, et parfois bien involontairement appuyés, faisaient illusion. Il n'avait même pas eu besoin de mentir. Il s'était laissé kidnapper par Charme sans chercher à s'échapper des filets qu'elle lui tendait.

Maintenant qu'il occupait l'appartement, c'était différent. Elle faisait sans cesse allusion aux Rosenweig, à Rosa. Elle lui demandait si son frère ne lui manquait pas. Ressentait-il son absence d'une manière continue ? ou au contraire par intermittence ?

Elle se trompait de génération. Elle confondait Noam, Elie et David.

Les premiers jours furent accablants. Elle voulait savoir s'il se sentait bien chez lui. Pourquoi préférait-il le salon à son bureau ? Le trois pièces de ses grands-parents au deux pièces de Rosa Zelasny ?

Il ne savait pas. C'était ainsi. Il n'aimait pas son bureau. Quelque chose le mettait mal à l'aise.

Elle s'en préoccupa. Elle le questionna jusqu'à l'énerver. Elle s'excusa. Elle regrettait l'interrogatoire. Pour finir, elle transforma l'appartement. Le bureau auquel elle tenait tant déménagea au salon. Et le salon devint leur pièce de travail.

Si les premiers jours furent pénibles, que dire des nuits ? Ni l'un ni l'autre n'osait bouger par peur de choquer les murs. Ils s'embrassaient furtivement, changeaient de position avec précaution.

Elle veillait : au moindre signe, elle le prévenait.

Il avait beau tendre l'oreille et bloquer sa respiration, il n'entendait pas d'autres bruits que ceux de la rue. Quelques vagues craquements, les pas d'un locataire, une chasse d'eau tirée.

Lassé, il s'endormait. Et tout à coup, aux aguets, elle le secouait :

— Ecoute, ça recommence. Ils pleurent ! Ils gémissent !

A moitié assommé, il écoutait mais n'entendait personne d'autre qu'elle.

Elle s'en offusquait :

— Voyons, Noam, je ne suis tout de même pas folle ! Tu vois bien que les murs se plaignent. C'est impossible que tu ne perçoives pas ces cris !

Quelquefois, pour avoir la paix, il acquiesçait. Alors, il demandait :

— Qui est-ce ? Qu'est-ce qu'ils veulent ?

— Ils ne veulent rien. Ils se manifestent. Ils nous rappellent leur agonie.

— Tu les connais ?

— J'en connais beaucoup.

— Jonathas ?

— Jonathas, bien sûr. Mais aussi les deux enfants qui ont assisté au supplice de leur père.

Appuyée sur un coude, les yeux brillants, elle racontait :

— Tu sais, quelquefois ils s'y mettent à plusieurs. Ils s'allient pour mieux nous indiquer ce qu'ils ont subi. Il y a les anciens, ceux qui étaient déjà là sous les rois mérovingiens, les Childebert, les Clotaire, les Dagobert. Souviens-toi de Priscus. Et des Priscus, des Jonathas, des innocents, des souffre-douleur, il y en a eu aussi sous les rois carolingiens, sous les Louis le Bègue, les Charlemagne, les Lothaire. Il y en a eu sous les Capétiens, sous les Robert le Pieux, sous les Louis le Gros, les Philippe Auguste, les Saint Louis. Tous ces rois ont dressé le peuple contre les Juifs en faisant croire qu'ils pillaient le pays et qu'ils mangeaient le pain des pauvres !

Et quand le peuple en colère s'en prenait à ceux

qu'on leur montrait du doigt, eh bien il pillait et brûlait leurs maisons. Il abattait leurs occupants comme on abat les cochons. Il faisait du boudin avec leur sang et leurs boyaux. Ensuite, il les grillait sur le bûcher et il s'en partageait les meilleurs morceaux. C'est que le pays était en pleine disette et que l'estomac du peuple criait famine. Et famine il y avait vraiment. Dans les grandes villes comme dans les campagnes, des mères mangeaient leur nouveau-né. Des enfants dévoraient leurs parents. On s'entre-tuait en famille. Et des familles entières disparaissaient, comme cela, de ventre affamé en ventre affamé.

Vois-tu, Noam, tel fut le sort de ceux qui nous avertissent maintenant d'aussi loin et d'une seule voix. Et les croisades n'arrangèrent rien. A Jérusalem, on se battait contre les Arabes, mais à Paris, on pourchassait les Juifs. Ils avaient vendu le Christ aux Romains. Ils devaient payer ce crime de leur vie.

Une fois lancée, Charme était intarissable : comment Noam pouvait-il rester sourd à ces appels ? Car à toutes ces voix qui venaient du lointain se joignaient à présent des millions de voix plus récentes, celles de l'Holocauste, celles des gens raflés et jamais revenus, celles des héros et des martyrs, celles des résistants assassinés, celles des innocents tombés dans les attentats. Et à ces voix d'adultes, à ces voix d'outre-tombe et d'outre-cendre, à ces voix sans sépulture, à ces voix de suie et de fosse commune s'ajoutaient les hurlements des bébés, les cris affolés des enfants que les brutes arrachaient à leurs parents...

Noam se disait qu'elle était folle ou qu'elle était sainte. A moins qu'elle ne soit les deux : une sainte folle, une folle sainte. Il la plaignait et l'admirait. Elle souffrait, il l'aimait. Mieux, il l'avait dans la peau. Mais dans quelle peau ?

Une nuit, alors qu'elle le réveillait pour lui faire entendre une prétendue cavalcade venant de la soupente, il avança :

— Ne me dis pas que c'est encore les jumeaux qui te jouent des tours.

Bizarrement, elle s'amusa de la réflexion et dit :

— Non, depuis que tu dors avec moi, ils se taisent. Normal, ils sont dans mon lit, dans mes bras.

Il la taquina :

— Avec un tempérament comme le tien, on n'est pas trop de trois pour satisfaire ton énorme appétit !

Elle l'enlaça et le câlina.

— Tu m'as dit que je n'arrivais pas à la cheville de Laetitia Roux, ton ex-patronne.

— Ton point G est ailleurs. Laetitia était une cannibale. Toi, tu es une gastronome.

— C'est vrai, je te déguste chaque jour un peu plus.

Soudain curieuse, elle s'enquit :

— Au fait, tu n'as pas de ses nouvelles ?

— Aucune. Elle ne sait même pas où je suis !

— Les Verner ne le lui ont pas dit ?

Elle ne disait pas « tes parents » mais « les Verner ». C'était une façon de les rabaisser, une manière de le grandir.

Il ne la contraria pas :

— Ils me croient en voyage. Je leur ai dit que je prenais une année sabbatique. Ils pensent que je cours le monde de roseraie en roseraie.

Elle en oublia les murs et dit :

— Tu ne les as pas trompés. Tu es mon rosier.

Tu grimpes en moi et tu me fais fleurir. Tu es mon miracle, ma mutation spontanée.

Il la fit rouler sous lui. Elle s'apprêtait à se pâmer. Il barra ses lèvres d'un doigt et dit en se redressant :

— Je vais t'apprendre quelle est la rose championne des mutations spontanées. C'est la fameuse Ophélia, une hybride de Thé. Elle a été créée en 1912. Rends-toi compte, vingt-trois mutations dont la Butterfly et la Golden Ophélia, lesquelles en ont encore produit sept autres. Et parmi celles-ci, la Lady Sylvia, née en 1926. Elle-même une vraie championne, une insatiable !

Elle dit :

— Chez les roses, c'est un peu comme chez les pur-sang.

— Pas du tout ! Chez les pur-sang on amène la jument à l'étalon. Chez les rosiers, c'est le pollen mâle qui vient de lui-même saupoudrer l'organe femelle.

Elle le regarda avec envie et l'attira contre elle.

Elle était comme la fameuse Ophélia : insatiable et dévoreuse de pollen.

Chapitre III

Quand Noam aborda « Le Procès du Talmud », tout un chapitre du livre de Charme, il ne cerna pas tout de suite la personnalité de Nicolas Donin tant elle paraissait complexe. Etait-il un Juif de Bordeaux converti au christianisme, un renégat illuminé ou un chien enragé ?

Comment et par quelle étrange protection ce bâtard de religion, ce pur Juif de naissance et d'éducation parvint à séduire le clergé jusqu'à se faire introniser frère dominicain et nommer supérieur du monastère de La Rochelle ?

Charme n'apportait pas de réponse. Malgré d'importantes recherches, aucun document concernant le « traître » n'attestait de ses origines juives. On ne connaissait ni son prénom, ni son nom hébraïque, à croire qu'ils avaient été effacés à jamais au moment de sa conversion.

En désespoir de cause, Charme explora une autre piste. Elle inversa les données connues à ce jour. Au lieu d'en faire un Juif renégat accédant mystérieusement au plus haut grade de l'ordre des Frères prêcheurs, elle imagina le contraire. Elle fit naître sous sa plume un vrai Nicolas Donin d'origine chrétienne. Un frère dominicain jouissant d'une telle influence sur ses pairs qu'il réussit à les convaincre des effets pervers du Talmud sur la société contemporaine.

Intelligent et diabolique, averti des choses de la religion mosaïque, Donin se donna pour mission d'infiltrer les plus hautes instances religieuses et philosophiques du judaïsme pour mieux les combattre.

L'hypothèse était séduisante. Il restait à découvrir l'identité sous laquelle le frère supérieur du couvent de La Rochelle pénétra le milieu juif en se faisant passer pour l'un des membres éminents de la communauté de Bordeaux.

Là encore, et si l'on s'en réfère aux plaidoiries du procès qui s'est déroulé à Paris les 25, 26 et 27 juin 1240, on ne mentionnait pas une fois le nom juif de l'imposteur. Il n'était question que de Donin. Et c'est ce Donin, frère dominicain nommé pour l'occasion procureur, qui accusait le Talmud de tous les maux, à commencer par des meurtres rituels d'enfants chrétiens.

Charme n'en démordait pas. Elle assimilait Donin à une taupe commanditée par l'Eglise, ce qui expliquait d'importants manques dans les archives épiscopales.

Noam suivait Donin à travers le récit et la description qu'en donnait Charme. Au passage, elle notait cette coïncidence des siècles entre le Nicolas Donin, ennemi juré des Juifs, et Anne-Marie Donin de Clavières, protectrice d'orphelins juifs en son domaine de la bastide du Fortin.

Sept cent soixante et un ans s'étaient écoulés entre-temps. Et le mystère Donin restait entier.

En 1239, le dominicain se rendit à Rome et demanda audience au pape Grégoire IX. Reçu par le souverain pontife, Donin dressa un tableau accablant contre la juiverie française et remit un rapport délirant sur le Talmud, qu'il présentait comme un ouvrage infâme et offensant pour la chrétienté.

Le pape écouta avec attention cet homme filiforme au visage sournois dont les yeux jetaient des étincelles. En quelques jours, il se laissa convaincre du péril juif et prit prétexte de ce rapport fielleux pour intenter un grand procès public dont le principal accusé n'était autre que le judaïsme.

Grégoire IX, déjà vieillissant et malade, s'adressa aussitôt aux archevêques de France, d'Angleterre, de Navarre, mais encore de León, de Castille, d'Aragon et du Portugal. Il demanda que tous les livres juifs soient confisqués le premier samedi du Carême, c'est-à-dire le 3 mars 1240, et remis sous bonne garde aux plus proches couvents.

Seule la France donnerait suite à cette volonté pontificale. Mais quelques années plus tard, en Aragon, un certain Pablo Christiana, qui ressemblait fort au physique comme au mental à Nicolas Donin, obtiendrait la même sentence.

En France, on saisit les livres saints des Juifs en toute région et on les transféra à Paris où les textes furent examinés point par point par un groupe d'experts.

Leur lecture achevée, ceux-ci rédigèrent une série de trente-cinq articles considérés inconvenants pour la chrétienté.

Enfin, après une étude minutieuse des écrits, la controverse publique se tint à Paris, couvent des Jacobins, au 156 de la rue Saint-Jacques.

D'un côté, les accusateurs du Talmud. De l'autre, ses défenseurs.

Dans la vaste salle du tribunal présidé par Blanche de Castille, il faisait une chaleur insupportable. Des porteurs d'eau fraîche se relayaient des berges de la Seine jusqu'au couvent où des goûteurs d'eau et de mets s'assuraient qu'ils n'étaient pas empoisonnés.

Des sourds-muets armés d'éventails impressionnants s'employaient à faire de l'air et à chasser la puanteur qui montait des latrines bouchées.

Un public bruyant composé dans sa majorité de notables et d'intellectuels juifs, de membres du rabbinat et des écoles talmudiques se montrait anxieux.

De l'autre côté du prétoire, on notait la présence de toutes les tendances de la chrétienté bien respectée dans sa hiérarchie et ses ordres. Là encore, artistes, intellectuels et notables paraissaient impatients d'en découdre.

Curieusement, Blanche de Castille n'était pas à son aise. Etait-elle incommodée par la chaleur ? Etait-elle soucieuse pour son fils, Saint Louis, lequel au même moment affrontait, dans une plaine caillouteuse, le duc de La Marche allié à une coalition anglo-normande ?

Toujours est-il que Nicolas Donin, revêtu d'un habit de procureur, remarqua une certaine absence chez la mère de Louis IX et lui fit porter un billet.

La missive du procureur adressée à la reine-mère lui valut un petit sourire cruel.

Donin ne cilla pas. La reine détourna les yeux.

Parmi les juges régnait une certaine effervescence. On ne savait pas en effet où placer Eudes de Châteauroux, légat du pape et chancelier de l'université de Paris. Devait-on le mettre à la droite de Guillaume d'Auvergne, l'évêque de Paris, ou sur la bonne oreille de Geoffroy de Belleville, le chapelain de Saint Louis ?

Côte à côte, Gauthier Cornut, l'archevêque de Sens, conseiller de la reine, et l'évêque de Senlis bavardaient aimablement.

Face aux juges, les accusés chargés de la défense du Talmud paraissaient assez fébriles. C'étaient pourtant des talmudistes confirmés, des champions en interprétation. Tous érudits et éminents savants. Parmi eux, Samuel ben Salomon de Bordeaux, Moïse de Coucy, philosophe et écrivain, Judas ben David de Melun et Rabi Yéhiel de Paris, docteur en religion et en choses de l'esprit. C'est Rabi Yéhiel, dit Yéhiel ben Joseph, qui allait répondre le plus souvent à ses accusateurs.

Yéhiel animait le centre rabbinique de Paris, un foyer où se retrouvaient nombre de jeunes étudiants provinciaux et étrangers. D'ailleurs, dans cette yeshiva dirigée par Yéhiel, les discussions entre Juifs et chrétiens sur les mérites comparés de leur religion connaissaient un réel succès.

En ce jour du 25 juin 1240, les défenseurs du Talmud, tout comme les autres Juifs qui se pressaient dans la salle d'audience, portaient la rouelle côté cœur. C'était un rond jaune de la taille d'une grosse pièce de monnaie. Elle résultait d'une décision prise à l'encontre des Juifs six ans plus tôt, au concile de Latran, et aussitôt mise en application par Saint Louis. La rouelle devint le signe distinctif que chaque Juif se devait d'exposer à la vue de tout chrétien. Elle symbolisait l'âpreté au gain, c'est-à-dire les

« trente deniers » de Judas. Sa couleur jaune était celle que l'on prêtait aux méchants, aux jaloux, et à l'or.

En marge du procès, et Noam n'en croit pas ses yeux, Charme rapporte comment sept siècles plus tard, en mai 1942, plusieurs sociétés françaises spécialisées dans la confection se sont battues pour arracher le marché de l'étoile jaune : quelque neuf cent mille pièces à fabriquer pour être cousues sur tous les vêtements composant la garde-robe de chacun. Seuls les enfants de moins de six ans furent exemptés de l'étoile.

Finalement, la maison Barbet-Massin-Popelein et Cie, 3, rue Saint-Fiacre, fournit le tissu. Les fonderies d'Eberny et Peignot, 18, rue Férus, fabriquèrent les clichés. L'imprimerie Wanters & Fils, 16, rue de Montmorency, assura l'impression. Pressée par les Allemands, cette dernière entreprise dut travailler la nuit pour respecter les délais de livraison.

On ne connaissait pas exactement l'âge de Rabi Yéhiel, le porte-parole du Talmud. La formule paraît cocasse mais il s'agissait bien ici du procès fait à un livre et non pas à des hommes. Plus exactement Saint Louis et l'ensemble des plus hautes instances ecclésiastiques mettaient en cause le peuple juif à travers un texte de réflexion et d'interprétation se rapportant à la Thora.

On suppose qu'au moment du procès Yéhiel était déjà très âgé, dans les quatre-vingts et quelques années. Mais cela n'enlevait rien à sa verdeur ni à sa fraîcheur d'esprit.

Nicolas Donin demanda le silence et attaqua d'emblée Rabi Yéhiel :

— Le Talmud exerce sur le peuple juif une arrogante autorité. Ce peuple affirme d'ailleurs que la Thora lui a été remise par Dieu en personne, ce qui aurait pour effet de les éclairer sur le monde du passé, du présent et du futur.

Rabi Yéhiel eut un sourire méprisant et répondit au traître sans quitter la reine-mère des yeux :

— Que nous reproches-tu pour nous avoir convoqués ici dans l'intention d'attaquer notre loi et de noircir nos âmes ? Tu penses attirer le malheur sur nous en détruisant les liens déjà bien fragiles qui nous unissent aux chrétiens. A ces fins, et pour nous salir, tu t'en prends à notre Thora que tu trouves injurieuse et calomnieuse envers le peuple que tu représentes aujourd'hui. En vérité, tu ne sais lire qu'avec les yeux de la haine et tu déformes comme il te plaît les mots les plus sages et les plus inoffensifs. D'une vérité tu fais naître un serpent venimeux. D'un précepte reconnu par ton Eglise mais énoncé dans la Thora, tu fais surgir d'effroyables démons. Mon pauvre Donin, tu crois avoir la dent dure contre nous, les Juifs. En réalité tu mords dans le vide et tu n'y laisses qu'un souffle putride !

Rumeurs, bravos et protestations s'élevèrent, tout à la fois, dans la salle.

Sous la menace des gardes et le geste ferme de la reine, le calme revint peu à peu.

Malmené, le procureur s'agitait et tentait de reprendre la parole à Yéhiel. En vain, la voix du rabbi s'enflammait :

— Tu devrais savoir que rien ne sert de nous attaquer par le biais de la Thora car tous, ici ou ailleurs, sommes prêts à mourir pour elle. Celui qui touche à notre Livre des lois touche à la prunelle de nos yeux. Et celui qui touche à nos yeux, quand bien même les crèverait-il, ne nous empêchera pas de lire comme il ne nous empêchera pas d'entendre.

Yéhiel détourna son regard du visage impassible de Blanche de Castille et le dirigea comme une lance sur celui de Donin.

Il poursuivit :

— Voyons, toi qui te dis des nôtres et qui n'est, à mon sens, de nulle part, tu devrais savoir que notre Thora se trouve partout où nous sommes dispersés et qu'elle nous rassemble par-delà les océans et les continents. La Thora est étudiée à Jérusalem, à Babylone, à Constantinople, à Alexandrie, à Athènes, à Rome. Elle est présente sur les rives de la mer Noire et de la mer Rouge. Et même au-delà du Nil et des fleuves d'Ethiopie.

— Assez ! cria Donin. Tout ce que tu dis sent le faux. Tu ne t'exprimes qu'avec les couleurs du mensonge. Tu crois faire illusion mais tu ne fais que t'enfoncer !

Yéhiel ne releva pas. Il aurait fallu s'abaisser trop. Il regarda la reine et dit :

— Nos corps sont entre vos mains, mais nos esprits sont intouchables comme est intouchable notre foi. Libre à vous d'éliminer la Thora de votre royaume si bon vous semble, mais avant d'en arriver à ce point extrême, je voudrais vous assurer qu'il n'y a rien de diabolique dans notre Livre et que le Talmud est uniquement un recueil de lois et de traditions juives sur lesquelles nous nous penchons constamment afin de mieux les comprendre et d'en discuter à l'infini. Vous verrez alors que le Talmud, ce « coupable » que Donin voudrait brûler à jamais, ne diffame en aucune façon votre religion et vos croyances.

Protestations et applaudissements se firent entendre comme précédemment.

Il faisait si chaud et les gorges étaient si desséchées que les porteurs d'eau et de sirops ne savaient plus où donner de la tête.

Eudes de Châteauroux, le légat du pape, intervint alors :

— L'ennui, avec vous, c'est que vous ne soumettez pas votre entendement à l'Ecriture, mais l'Ecriture à votre entendement.

Rabi Yéhiel consulta subrepticement Moïse de Coucy qui fouillait dans sa barbe puis répondit au légat du pape sans se départir de son calme :

— Il est impossible pour bien des gens de saisir l'esprit du Talmud à cause des préjugés et du fanatisme qu'on lui prête. Et Nicolas Donin le sait même si les autres sont de bonne foi. D'autre part, la traduction de l'hébreu en latin est une traduction mot à mot. Elle est très précise et très scientifique. Ce qui rend fort difficile la compréhension des expressions propres au Talmud. Ainsi traduit, le Livre paraît codé. Et comme tous les codes du monde, il a dans sa forme crue des immunités spéciales. Plus grave encore, une bonne part des reproches faits au Talmud va au-delà du but et se retourne contre la Bible elle-même. L'Ecriture, comme vous dites, contient beaucoup de passages invraisemblables. Exemple : l'épouse de Lot est changée en statue de sel. L'ânesse de Balaam se met à parler. On ne pourrait dénombrer toutes les difficultés que présenterait la Bible si le Talmud était supprimé...

Tohu-bohu chez les juges. L'évêque de Senlis, en colère, prit la parole :

— Dans le Talmud, vous blasphémez contre Jésus. Par exemple, selon vous, Jésus serait aux enfers, condamné au supplice de la boue en ébullition. D'après vous toujours, Jésus serait un fils illégitime de Marie et de Ben Sotard ! C'est inacceptable.

Yéhiel répliqua aussitôt :

— Qu'y a-t-il d'étonnant à ce que l'on trouve quelques attaques contre Jésus ? S'il faut s'étonner d'une chose, c'est qu'il n'y en ait pas davantage ! De toute façon, le passage relatif à Jésus ne se rapporte pas à Jésus-Christ mais à Jésus de Sotard, exécuté à Lydia, avec lequel certains talmudistes l'ont confondu.

L'évêque de Senlis s'écria alors :

— Vous avouez donc que le Talmud est truffé d'erreurs !

Rabi Yéhiel ne se démonta pas. Il lissa sa barbe et murmura :

— Je ne vous l'apprends pas. C'est vrai, l'erreur est humaine...

Donin frappa du poing sur son pupitre et hurla :

— Chez les Juifs, l'erreur est déifiée. On ne revient pas dessus. Au contraire, on s'y enfonce. Et puis, on érige le blasphème en morale. Souvenez-vous donc, après la prise de Jérusalem par les chrétiens, le rabbi Simon ben Yohaï n'a-t-il pas proclamé : « Le meilleur des goyims, tuez-le ! N'hésitez pas ! »

Rabi Yéhiel sourit et répondit :

— Lorsque Simon Yohaï s'écrie : « Le meilleur des goys, tue-le ! N'hésite pas ! », il faut voir ici des paroles de douleur et d'indignation arrachées aux Juifs par les souffrances qu'ils ont endurées. En effet, Simon a sous les yeux l'horrible spectacle de la cruauté des Romains du temps d'Hadrien. Ces mots sont lancés comme un acte de légitime défense. Et il ne faut surtout pas y voir une quelconque règle de conduite à tenir vis-à-vis des chrétiens.

Chapitre IV

Noam était toujours plongé dans le procès du Talmud quand il entendit Charme monter les escaliers quatre à quatre. Ça ne lui ressemblait pas.

Elle déboucha tout à coup dans la pièce en brandissant une lettre :

— Incroyable, il nous arrive la folie ! Figure-toi qu'Abraham Seltzer, le colosse polonais, se rappelle à notre bon souvenir. Il fait le silence complet depuis 1953, même que je le croyais mort ! Et voilà que je reçois de Varsovie une lettre adressée à la famille Delestaing, 2, rue des Rosiers.

Surexcitée, elle tendit la lettre à Noam et ajouta :

— Lis plutôt, c'est stupéfiant ! Quarante-huit ans plus tard, il annonce sa visite prochaine, comme si mes grands-parents étaient toujours en vie. Mais ce n'est pas tout. Il a résolu l'énigme. Il sait ce qu'il est advenu des jumeaux !

Noam blêmit et demanda :

— Il apporte de nouveaux éléments ?

— Certainement, du moins il le laisse entendre.

Elle eut un soupir et hasarda :

— J'espère que ça ne remettra pas trop de choses en cause.

— Tu crains pour nous deux ?

Lucide, elle répondit :

— Oui, bien sûr, nous risquons d'être désillusionnés !

Noam prit la lettre et dit :

— Ton géant polonais ne doit plus être tout jeune ?

— Pourquoi dis-tu « mon » ? Je ne l'ai jamais vu. La dernière fois qu'il s'est présenté dans cet appartement, Louis, mon père, n'était qu'un enfant. Et ça l'a drôlement marqué. Il a grandi en espérant le rencontrer un jour. Pas de chance, le Polonais nous a foutu un mystère sur le dos et il nous a laissés mijoter la tête à petit feu.

Noam répliqua avec une pointe d'ironie :

— Ne te plains pas. Tu as résolu le mystère de la meilleure des façons. Et quand bien même tu te serais trompée, quelle importance ? On s'est connus, on s'aime, on partage la même passion pour les persécutés et pour les roses...

Elle lui jeta un regard noir et l'invita à prendre connaissance de la lettre.

Celle-ci était datée du 17 août 2001. Rédigée sur papier à en-tête de l'hôtel Vistula, et postée le même jour de Varsovie, elle concernait l'ensemble de la famille Delestaing, toutes générations confondues. Si l'enveloppe ne mentionnait que Mme et M. Delestaing, la lettre s'adressait en clair aux occupants actuels de l'appartement, quels que soient leur profession et leur sexe.

Il semble qu'Abraham Seltzer ait eu confirmation qu'un ou qu'une Delestaing détenait toujours le trois pièces de Chaïm Rosenweig ainsi que le deux pièces de Rosa Zelasny, le tout raccordé par la toiture mansardée et ne formant qu'un seul et unique logement.

On ne sait pourquoi le vieil homme qui allait maintenant sur ses quatre-vingt-six ans, tenait à ces détails de lieu. Peut-être était-ce une manie de la précision ? Un tic de la mémoire ? Un début de gâtisme ? Quoi qu'il en soit, la configuration du domicile était enregistrée dans son esprit et n'avait pas bougé d'un centimètre en un demi-siècle.

Le géant polonais s'inquiétait de savoir si l'on avait procédé à des travaux de réfection, voire à des transformations plus importantes.

Abordant un autre paragraphe d'une écriture longue et penchée, Abraham Seltzer évoquait les liens qui l'unissaient à Chaïm et Sarah Rosenweig, les anciens propriétaires de l'appartement. Il tenait particulièrement à honorer la promesse faite à Auschwitz. Par deux fois il s'était rendu à Paris chez Charles et Marion Delestaing. Il avait reconnu leur bonne volonté et apprécié leur vieux calvados. Il avait contacté plusieurs cabinets d'avocats spécialisés dans les problèmes de disparition et alerté diverses institutions juives qualifiées dans ce genre de recherches.

En vain. Mais là ne s'étaient pas arrêtées les démarches. A tout hasard, il rappelait à Charles Delestaing la série d'annonces parues sur plusieurs mois dans les quotidiens du sud de la France. Et ce rappel venait fort à propos car il permettait à Abraham Seltzer d'évoquer les péripéties nouvelles découlant directement de cette initiative ancienne.

D'année en année, comme promis, les Delestaing avaient trié les réponses et fait suivre les plus intéressantes à New York, chez un cousin du géant, où celui-ci résidait soi-disant. Or, en 1962, Abraham Seltzer quitta New York pour l'Australie. Il était sur la trace de Milena, une jeune fille tchèque dont il avait vu agoniser les parents.

Le géant s'excusait de son silence. Il s'expliquerait de vive voix sur cette longue absence. Il était revenu d'Australie depuis peu et se préoccupait à nouveau des jumeaux Rosenweig.

En consultant ses dossiers, il était tombé sur une lettre annotée par Manon, la grand-mère de Charme, d'un « à vérifier d'urgence » et qui était restée en souffrance durant près d'un demi-siècle.

Il s'agissait d'un pitoyable aveu signé Perla Zelasny, la jeune sœur de Rosa, laquelle reconnaissait avoir nourri les jumeaux plusieurs jours de suite avant de les abandonner contre son gré.

Selon Abraham Seltzer, la confession de Perla apportait des éléments probants. Evidemment Perla se retranchait derrière Gilbert, un mari collabo et dénonciateur, lequel aurait notamment livré Rosa à la Gestapo sans autre raison que celle de se faire bien voir de l'occupant.

Las des reproches de Perla, Gilbert la séquestra dans son pavillon de Pontoise, où elle serait restée enfermée jusqu'à la Libération.

Le collabo emprisonné, Perla quitta Paris pour Nice où elle fut engagée comme femme de chambre à l'hôtel Negresco.

Un jour enfin, mortifiée, elle répondit à une petite annonce qui était passée dans *Nice Matin* et qu'elle conservait depuis. Elle ignorait qui étaient les Delestaing. Elle se demandait pourquoi ces gens dépensaient tant d'argent pour obtenir des informations au sujet des deux enfants dont elle s'était occupée un moment.

Déterminée, Perla pénétra dans une suite inoccupée et s'installa devant un secrétaire.

Jamais secrétaire n'avait été si bien nommé. Elle prit tout son temps et raconta par le menu tout ce qu'elle savait concernant les deux enfants. C'était pénible, difficile à expliquer. Les mots venaient moins bien que les larmes. Elles tachaient le papier.

Quand elle eut tout dit, elle cacheta l'enveloppe, ôta sa tenue de femme de chambre et quitta l'hôtel pour la poste.

Elle y déposa la lettre et revint en courant vers le Negresco. Elle se sentait légère, délivrée. Si légère qu'en traversant l'avenue elle se fit happer par un autocar.

Le chauffeur aurait déclaré : « Elle s'est littéralement jetée sous mon véhicule ! »

On suppose qu'Abraham brodait, à moins qu'un sixième sens l'eût averti de la triste fin de la jeune sœur de Rosa. Quoi qu'il en soit, brodeur ou pas, le géant polonais qui était toujours capable de réciter Goethe par cœur n'en disait pas davantage sur le sort et le devenir des jumeaux. Il annonçait sa visite pour bientôt sans pour autant fixer une date. Il viendrait dès que possible. Il devait vérifier certains faits, certains dires, et voir de ses propres yeux.

Pour l'heure, il était à Varsovie, occupé à débrouiller une ténébreuse affaire d'héritage portant sur les indemnités octroyées par le gouvernement allemand aux victimes de la barbarie nazie.

Ayant repris récemment du service, en dépit de son âge avancé, Abraham Seltzer terminait sa lettre par une considération amère : « Ah, si vous saviez combien de ces victimes du nazisme réduites à néant sont aujourd'hui la proie d'escrocs juifs et de simulateurs prêts à les dépouiller de leur identité ! »

Signée « Abraham Seltzer, votre cher ami dévoué », la lettre passait des mains de Charme aux mains de Noam et animait une sombre discussion.

Pour Noam, c'était comme si le Polonais leur avait envoyé un bouquet de roses noires. La lettre sentait la mort, le faire-part, l'enterrement des jumeaux.

Charme n'était pas d'accord. Certes, la lettre restait dans le flou mais les jumeaux n'étaient pas morts et ne le seraient jamais.

Noam n'était guère optimiste. Avec un mari comme celui de Perla, les jumeaux étaient condamnés d'avance et livrés à la Gestapo.

— Pourquoi la Gestapo s'embarrasserait de deux bébés ?

— Justement, répliquait Noam, des bébés ça s'écrase, ça se jette contre un mur, comme les petits chats qu'on ne garde pas dans la portée.

Elle s'écria :

— Arrête, tu m'écœures. Mais qu'as-tu donc à penser aussi négativement ? On dirait que tu cherches à t'évincer ou à t'éliminer.

Comme il restait muet, elle s'emballa :

— Eh bien, vas-y, défile-toi ! Retourne chez les Verner, chez les Roux !

Il resta un moment mouché. Tout ça lui paraissait en effet très loin, très médiocre. Les jumeaux l'avaient conduit dans un autre monde. Et quand bien même ce monde ne serait qu'affabulations d'une personnalité pour le moins fragile, ils lui avaient donné leur sang, leur peau, leur visage.

Charme ne se trompait pas. Inconsciemment il

cherchait à s'éliminer, à disparaître de l'histoire qu'elle lui avait fabriquée.

Il fit un effort et raisonna positivement. Encore qu'il détestât le terme à cause d'une pub de supermarché. Il aimait trop sa compagne pour lui refiler le bourdon et montrer son désarroi.

Il invoqua son côté maso. Sa timidité excessive. Cet instinct maladif qui le faisait rentrer sous terre dès qu'il se savait mis en question.

Et puis, tout à coup, avec son beau sourire de rosiériste enfiévré, il dit :

— Je ne sais pas pourquoi mais Abraham Seltzer me fait penser à Rabi Yéhiel. Je les imagine de la même taille, de la même écorce.

Comme elle approuvait, il ajouta :

— Et puis ils sont tous les deux hors du temps. Quand même ! Je me demande ce qu'il a foutu pendant toutes ces années.

Elle dit :

— Tu sais, dans ma famille, on le craignait mais on en parlait toujours avec respect. On disait que c'était un Juste. Quelqu'un de loyal, d'intègre. Et pourtant on s'en méfiait. Il était capable d'apporter la paix comme l'orage.

Maintenant, avec cette lettre, on penchait plutôt pour l'orage que pour la paix. Encore qu'une fois l'orage éclaté, il était possible de ressentir un bien-être, une tiédeur intérieure, un relâchement de tout son corps.

On talmuda toute la journée et une bonne partie de la nuit sur la lettre d'Abraham Seltzer.

Charme ne s'étonnait pas du caractère excessif de

Perla Zelasny. Une vieille du quartier, qui avait à l'époque l'âge de Perla, lui avait déjà parlé de cette jolie petite brunette qui passait quelquefois voir sa sœur. C'est elle qui avait prévenu Perla de l'arrestation de Rosa.

D'après la vieille, décédée depuis, Perla était du genre « déluré » et « feu au cul », prête à n'importe quoi pourvu que ça rapporte. La vieille tenait ces détails de Rosa Zelasny elle-même. Perla en avait après ses économies. Et puis elle reprochait à sa sœur aînée d'avoir accaparé la majeure partie de l'héritage familial : « Un matelas de billets ! Pensez-vous ! On se demande même où elle pouvait bien cacher son magot ! »

De rendez-vous en rendez-vous, la vieille qui habitait également au numéro 2 s'était mise à lâcher le morceau : « En réalité, eh bien je vais vous le dire, Mlle Delestaing, ça ne m'étonnerait pas que cette petite putain ait dénoncé sa sœur en la faisant passer pour juive. Une vengeance ou quelque chose comme ça ! »

Charme n'avait pas retenu grand-chose des propos de la vieille. Celle-ci était trop amère pour être prise au sérieux. C'était une jalouse, une acariâtre, une victime de la solitude. Elle n'apportait aucune preuve de ce qu'elle avançait. D'ailleurs, la vieille n'avait aucune idée de ce qu'était devenue Perla et elle ne s'en était guère inquiétée.

Mais qu'avait fait au juste la sœur de Rosa ? Quels faits nouveaux révélait-elle dans sa confession ? Avait-elle abandonné les jumeaux contrainte et forcée ? Les avait-elle confiés à une autre personne ?

Dans sa lettre, Abraham Seltzer ne laissait pas entendre un dénouement heureux. Néanmoins, il restait prudent jusque dans sa conclusion. Ne devait-il pas vérifier certains faits, certains dires, voir de ses propres yeux ?

Que signifiait au juste cette dernière phrase : voir qui ? ou voir quoi ? La nuance était d'importance.

*

Charme ne tenait plus en place. Décidée à joindre le colosse dont on parlait dans la famille depuis un demi-siècle, elle appela l'hôtel Vistula à Varsovie. Ça ne donna pas grand-chose. Une première personne, sans doute le concierge, le dit sorti. Et quand Charme voulut laisser un message, quelqu'un d'autre intervint et signala que M. Seltzer n'habitait plus l'hôtel depuis la veille.

Charme insista. Elle voulait savoir s'il était toujours à Varsovie ou s'il avait pris l'avion pour la France.

Elle attendit. On se renseignait auprès du portier. Il y eut une conversation en polonais. On la prit à nouveau :

— Non, madame, le portier n'a pas commandé de taxi pour l'aéroport.

— A-t-il changé d'hôtel ?

— C'est possible, madame.

— Etait-il chez vous depuis longtemps ?

— Une huitaine de jours, madame.

La voix était sèche, impersonnelle. Charme n'en obtint pas davantage.

Déçue, elle pianota sur son ordinateur. Elle nota les téléphones de tous les hôtels de Varsovie et commença par joindre les cinq étoiles.

A l'Intercontinental, au Bristol, au Marriott, on n'avait aucun client de ce nom.

Des palaces, elle passa aux établissements chics et confortables. Là non plus, pas trace du géant polonais.

Elle attaqua alors les trois étoiles, puis les deux.

Elle en était à son vingt-septième coup de fil quand la standardiste, qui maîtrisait mal l'anglais, lui demanda de patienter. Il y avait bien un M. Seltzer, chambre 39, mais il occupait déjà sa ligne.

Cœur battant, un creux au plexus, Charme fit signe à Noam de s'approcher et ils attendirent que la ligne se libère.

Collé contre elle, Noam releva sa chevelure rousse et dégagea la nuque qu'il couvrit de petits baisers discrets. C'était tendre, affectueux. Juste ce qu'il fallait pour la circonstance.

Au bout d'un moment, une voix rocailleuse explosa dans le récepteur. Quelque chose d'énorme, de tonitruant demandait dans la langue de Lech Walesa à qui il avait affaire.

Déroutée, Charme balbutia :

— Je cherche M. Abraham Seltzer.

La voix tonna en mauvais français :

— Moi, Stanislas Seltzer, pas Abraham !

Elle risqua :

— Connaissez-vous Abraham ?

— Abraham, je connais. Lui vouloir égorger son enfant. Lui préféré manger agneau envoyé par Dieu.

Noam ne put se retenir. Il partit d'un éclat de rire magistral, si bien que Charme dut raccrocher et fut prise à son tour d'une quinte nerveuse.

— C'est le contrecoup ! dit-elle en s'excusant.

— C'est génial ! répliqua-t-il, désopilé de plus belle.

Le rire passé, elle revint à la charge. Elle abandonna Varsovie au profit de New York. Sait-on jamais, les petits cousins qui abritaient Abraham pourraient peut-être la renseigner sur les intentions du grand-oncle.

Elle dut y renoncer. Rien que pour New York le Net donnait une liste impressionnante de Seltzer.

Il ne restait plus qu'à attendre la visite annoncée. « Dès que possible », disait-il dans la lettre. En 1955, il avait employé la même formule. Tout cela n'était pas bon pour le moral. L'un comme l'autre ne cessait d'interpréter, de gamberger. On construisait sur des suppositions. On supposait sur des constructions archifantaisistes. Et tout à coup la réalité s'imposait, implacable, à savoir qu'elle se situait immanquablement entre deux options : ou bien les jumeaux étaient morts, ou bien ils étaient vivants.

De deux choses l'une, et la troisième n'était pas le soleil, comme disait Prévert en écrivant « l'une » comme « lune » : morts, ils rejetaient forcément Noam hors de leur territoire. Vivants, et sous un autre nom, ils lui faisaient une histoire et cautionnaient celle de Raymond Verner. On en revenait alors à l'orphelin juif coupé de ses racines et averti sur le tard de ses origines. Cela expliquait peut-être le prénom de Noam.

On était en plein suspense. On vivait mal, très mal l'instant présent.

*

Les jours s'écoulaient sous haute tension. Ils

s'étaient remis au travail mais la tête n'y était pas. Ils avaient repris l'écriture, la lecture, mais derrière les mots et les images se profilait la silhouette du Polonais. Viendra-t-il aujourd'hui ? Demain ? Un jour prochain ? Préviendra-t-il ou arrivera-t-il à l'improviste ?

Bref, Noam et Charme avaient beau s'intéresser à d'autres héros et d'autres martyrs, réfléchir à de nouvelles créatures susceptibles de voir le jour par hybridations savantes ou tout autre procédé secret, l'inspiration manquait. C'est que la tension engendrait l'inattention. L'impatience et l'énervement contraient singulièrement les dons du jeune obtenteur.

On n'allait même plus au presbytère par peur de rater le visiteur. Et lorsqu'il fallait absolument s'y rendre pour surveiller les tendres pousses et climatiser la serre, Noam y allait dans la soirée, d'un coup de voiture, et revenait au petit matin.

La nuit, pris d'insomnie à la pensée subite qu'il risquait de se retrouver bientôt nu comme un ver de terre, dépossédé de son nom et de son âme, il se replongeait désespérément dans le procès du Talmud où Rabi Yéhiel et Abraham Seltzer ne formaient plus maintenant qu'un seul et même personnage. Ça n'était plus seulement Yéhiel qui répondait aux accusations de Nicolas Donin. Le rabbi se faisait épauler par le géant polonais. Tous deux s'étaient glissés dans la même peau, le même gabarit. Tous deux défendaient le Livre avec la même ardeur et la même virtuosité face à la collégiale de prêtres et de puissants fort mal disposés à l'égard de la juiverie parisienne, qui voyait en Saint Louis un diable d'homme plutôt qu'un gentil saint.

Et que dire de l'attitude de Blanche de Castille !

Apprenant en pleine séance la victoire de son fils sur la coalition anglo-normande, elle s'anima soudain et proféra à voix basse vers Donin ces mots meurtriers et définitifs :

— Fais donc comprendre ceci, toi mon frère, car tu le sais mieux que quiconque pour avoir été des leurs, va donc faire part aux juges du fond de ma pensée. Et dis-leur ceci : « Mon fils et moi-même abhorrons tout ce qui n'est pas chrétien et en premier lieu tout ce qui est juif. Nous jurons d'abattre la vitalité de ce peuple indigne ! Nous jurons de briser sa pensée ! Nous jurons d'annihiler sa culture et sa maudite influence ! »

Devant une telle charge royale, Donin le traître crut bon d'arrondir les angles. Il attendit le moment opportun et vint de lui-même confier à chacun des juges le sentiment de la reine.

Ces apartés diaboliques ayant été interceptés par quelques oreilles juives donnèrent lieu à un incroyable chambardement. Des rabbins et leurs élèves se ruèrent vers le camp adverse. La bagarre s'engagea. Elle fut dure et âpre. Moins nombreux, ils cédèrent bientôt du terrain et revinrent se défendre aux places qui leur avaient été attribuées. Seul Rabi Yéhiel, le pacifiste, le sage, continua à se colleter avec Nicolas Donin. Et le pauvre rabbi aurait été roué de coups par plus fort que lui si le géant polonais placé dans la bagarre par les délires obsessionnels de Noam n'avait fait le ménage à lui tout seul. Comme le calme ne se rétablissait pas malgré la soldatesque qui tapait sur tout le monde, on dut faire évacuer la salle. Il ne resta alors qu'une cinquantaine de personnes concernées directement par le procès. Toutefois l'un des juges, Gauthier Cornut, archevêque de Sens, et conseiller de la reine, choqué par ses paroles, se démarqua des autres et prit la défense des Juifs à travers celle du Talmud.

Blanche de Castille, ainsi défiée, jeta des flots d'injures sur le traître qui osait la braver.

Fort de ses convictions et de ses droits, l'archevêque offrit sa démission et quitta le tribunal sous les huées des uns et les applaudissements des autres.

La séance aussitôt suspendue fut reportée au lendemain.

Dans les couloirs du couvent comme dans les estaminets et les sacristies, la rumeur enflait peu à peu. Ne disait-on pas que les Juifs avaient acheté l'archevêque ? Et la rumeur se répandit jusqu'à Sens, où le pauvre archevêque revenu au grand galop devait s'éteindre subitement dans des conditions jamais élucidées.

Le procès prit fin au soir de la seconde journée d'audience. Tout avait été dit. Tout avait été entendu. Tout avait été fait pour obtenir un verdict rapide et terriblement sévère. Curieusement, la sentence n'intervint qu'au bout de deux années.

*

Le 6 juin 1242, le Talmud fut condamné à mort. La justice royale, en accord avec le pape Grégoire IX, donna l'ordre de brûler le livre maudit en place de Grève (aujourd'hui place de l'Hôtel-de-Ville).

Toute la journée, ce ne fut que va-et-vient de tombereaux remplis à ras bord de thoras, de talmuds, mais aussi de textes explicatifs et philosophiques se rapportant à ceux-ci. Et bien d'autres publications d'origine cabalistique et ésotérique.

En somme, ce jour-là à Paris, on brûla tout ce que la culture juive avait produit depuis la nuit des temps : des livres saints, bien sûr, mais aussi des manuscrits rares rapportés d'Orient. Et pêle-mêle, des atlas, des essais d'érudits, des livres de classe, des cahiers d'écolier, des tableaux, des dessins, des poèmes, des journaux intimes, des lettres, des carnets de comptes, des actes notariés. Tout y passait, et pas seulement ce qui avait été saisi deux ans plus tôt et entreposé dans les couvents des Frères prêcheurs.

En ce jour de châtiment, la populace allait d'elle-même de maison en maison, saisissant au passage tout texte, tout écrit rédigé en hébreu et les entassait sur les charrettes qui stationnaient au coin des rues.

Enfin, vers les 21 heures, le feu de joie fut allumé pour le plus grand plaisir d'une foule surexcitée. Et quand le brasier eut suffisamment d'ampleur, on y déversa le contenu des cinquante-deux tombereaux, soit deux mille sept cents livres saints et trois fois plus de recueils, registres et ouvrages scientifiques que le bon peuple, tout comme le prévôt, les universités, le clergé, conspuait copieusement à mesure qu'ils partaient en fumée.

Tard dans la nuit, on alimenta encore le feu d'objets et de figurines volés quelques instant plus tôt dans les maisons juives. Et malgré la chaleur qui se dégageait du bûcher, des gens dansaient autour, à moitié nus.

Ivres ou possédés, ils réclamaient que l'on jette encore au brasier les rabbins et les chrétiens félons ayant intercédé auprès du pape afin que la sentence ne soit que partiellement et symboliquement appliquée.

On dit que Rabi Yéhiel et Moïse de Coucy, travestis en moines de la Charité, vinrent contempler le gigantesque autodafé. Ainsi camouflés, meurtris par tant d'injustice, ils jurèrent de tout mettre en œuvre pour alimenter à nouveau la communauté en livres saints et ouvrages savants.

En réalité, dès le lendemain — et peut-être même au cours de cette sinistre nuit —, étudiants et scribes entreprirent de recopier Thora, Talmud et autres textes de la littérature rabbinique en autant d'exemplaires que nécessaire.

Durant les années qui suivirent, une certaine tolérance succéda à l'outrance. Sans dire que tout allait pour le mieux, rien ne laissait présager le pire. C'était mal connaître la papauté et ses intrigues de cour.

A peine élu, Innocent IV, qui succédait à Grégoire IX, ordonna à son tour la confiscation des livres juifs.

Fatigué, persécuté, Rabi Yéhiel s'embarqua pour la Terre promise où il fonda la yeshiva de Paris : « Midrash-Hagadol-Paris ».

Chapitre V

Cela faisait un an jour pour jour qu'Abraham Seltzer avait annoncé sa venue pour bientôt.

Au 2, rue des Rosiers, Charme Delestaing et Noam Rosenweig l'attendaient toujours. On pensait qu'il était occupé ailleurs par cette histoire d'indemnités allemandes octroyées aux familles des victimes du nazisme et qu'elle l'avait possiblement entraîné vers d'autres pays, d'autres espaces.

On pensait qu'il finirait par atterrir un jour dans l'appartement des Delestaing, vêtu de son pyjama rayé et de son long manteau noir.

Pour l'occasion, Charme avait préparé le calva. La bouteille de cinquante-cinq ans d'âge l'attendait dans le buffet où Marion le rangeait déjà.

On pensait beaucoup au 2, rue des Rosiers. On pensait que la maladie avait terrassé Abraham Seltzer entre le moment où il avait rédigé la lettre et celui où il se préparait à partir.

On pensait qu'Abraham Seltzer, le géant polonais, ce Rabi Yéhiel de l'action, cet aventurier de la charité, n'était peut-être plus de ce monde et qu'il aurait rendu l'âme autour de quatre-vingt-cinq ou quatre-vingt-six ans dans quelque recoin de la planète.

On pensait que le géant polonais était effectivement mort et qu'il était enfoui sous terre avec ses promesses et ses secrets.

On pensait qu'il était dommage pour l'humanité de perdre un homme de cette trempe.

On pensait que cette disparition, pour affreusement tristes qu'elle les rendait, avait le mérite de laisser les choses en l'état et d'apaiser les esprits passablement tourmentés.

Jusqu'alors on craignait les conséquences d'une découverte qui aurait remis en question ce fragile équilibre fait d'intime conviction et d'arrangements divers avec le destin.

Maintenant, au 2, rue des Rosiers, on respirait un peu mieux. On se disait que Seltzer était bel et bien mort. Cette mort venait à point pour délivrer Charme et Noam d'une sournoise angoisse.

Ce poids en moins, la vie avait repris de plus belle. De plus belle sûrement, mais aussi différemment. On n'hésitait plus à partir pour le presbytère et on y restait le temps qu'il fallait à l'obtenteur pour mener ses cultures à bien.

Au début, on laissait un mot sur la porte avec le téléphone de la maison de Seine-et-Marne. Maintenant, en plein mois d'août, un an jour pour jour après avoir reçu la lettre, on n'affichait plus rien sur la porte mais on laissait quand même, par superstition, collé sur la boîte aux lettres, le numéro de la campagne. En réalité, personne n'appelait jamais, même que l'on se demandait à quoi servait le poste fixe étant donné qu'il y avait déjà deux portables. Au fond d'eux-mêmes, ils connaissaient la réponse.

Le poste fixe, c'était la ligne réservée à Seltzer, le coupe-file des jumeaux au cas où ceux-ci éprouveraient le besoin de se manifester. C'était comme cela, un fait acquis dans le silence d'une complicité mutuelle.

On vivait des après-midi et des nuits caniculaires. Les murs de la maison de curé, bien qu'assez épais, ne protégeaient guère de la chaleur. La pierre l'emmagasinait et la restituait le soir venu.

Cette touffeur rendait les corps moites. Et cette moiteur de fin de journée, à cette heure où les bergers confondaient autrefois leurs chiens avec les loups, favorisait les transports amoureux.

Tantôt loup, tantôt agneau, Noam léchait sa peau luisante et buvait les perles de sueur. Elle le lui rendait bien. La sienne dégoulinait. Elle aimait le goût du sel, cette légère aigreur qui se dégageait du torse. L'odeur forte des dessous de bras. Celle, acidulée et un peu grasse, de l'entrecuisse.

Longtemps après l'amour, tard dans la nuit, Noam laissait Charme dans le domaine des songes et gagnait la serre. Côté nord, il avait installé son bureau. Au mur, la liste non exhaustive des chanceux qui allaient un jour revivre à travers une rose baptisée de leur propre nom. Et parmi ces roses promises, « la Yéhiel » et « la Seltzer », sur lesquelles il réfléchissait encore. La liste était si longue qu'elle débordait de la table déjà encombrée d'ouvrages techniques et d'instruments de précision : sécateurs et ciseaux de toutes dimensions, panoplies de greffoirs et de lames à entailler, pinceaux à pollen, pots et fioles de toutes sortes, gants spéciaux anti-épines, rouleaux de raphia, paquets d'étiquettes en aluminium.

A terre, bien disposés : racloirs, binettes, des outils classiques de jardinier, des sacs de terreau et d'engrais. Dans un seau, du pur crottin qui donnait à cet atelier une sacrée odeur d'écurie.

Une fois passée la porte qui délimitait la pièce de la serre, on devinait pour bientôt le ravissement des couleurs et des feuillages. Certes, Noam n'en était pas encore à ce stade.

Disons que dans cette serre, tout ce que l'on devait à Noam était encore à ras du sol. On pouvait voir de jeunes pousses, des arbustes à peine naissants, des plants, des cultures rares, des essais, des expérimentations dont on n'apprendrait pas grand-chose avant deux ou trois ans. Heureusement, parmi ces créations à peine plus hautes que des fraisiers, trop récentes pour être spectaculaires, s'épanouissaient deux rangées de sarmenteux. Il s'agissait de rosiers précieux commandés chez André Ève, le fameux obtenteur de Pithiviers. C'étaient de grands classiques, des espèces qui n'avaient plus rien à prouver mais à partir desquelles on pouvait essayer d'obtenir de nouvelles variétés. Voisinaient l'Iceberg-Climbing aux fleurs blanches d'une pureté virginale, l'Aurore Sand aux grosses fleurs rose argenté, un brin laiteuses ; la Belle de Londres au bouton saumoné nuancé d'abricot pâle ; le *Centifolia muscosa*, un rosier anglais aux fleurs doubles, dégageant un parfum suave et poivré. Dans l'autre rangée, le somptueux Carolina d'Amérique du Nord attirait l'œil. En plein mois d'août, il se parait d'une floraison rouge écarlate. Le

Gigantea de Chine n'avait rien à lui envier. Ses fruits ronds d'un jaune orangé, sortes de cerises acidulées, étaient très appréciés des Chinois et se dégustaient sur l'arbre. Le Narrow Water, un hybride de *Moschata* plus que centenaire, un vieux de la vieille, un dur à cuire, était capable d'étaminer de toute sa vigueur quelques inventions signées Noam Verner. Elles hériteraient de ses roses légères, semi-doubles, réunies en larges bouquets lilacés, nuancées de crème et d'ivoire.

D'autres rosiers, d'autres variétés réputées, avaient été plantés hors serre au milieu des massifs et le long des murs. C'étaient des costauds. Ils résisteraient aux canicules comme aux grands froids. De ces arbres, Noam récolterait des substances vitaminées, mais aussi des étamines mâles ou femelles, au gré des tentatives et des explorations.

Enfermé dans sa serre, Noam se muait en confesseur idéal. Il écoutait celui dont il s'inspirait. Il le questionnait. Le sondait. Il se pétrissait de sa vie, de son histoire.

L'ayant saisi, il s'en détachait suffisamment pour le cerner et aboutir à une synthèse osmotique entre le sujet et la rose à naître. Il y avait quelque chose de mystique dans cette façon d'interpréter les événements à partir de ses lectures.

Personne, pas même Charme, n'aurait pu imaginer semblable métamorphose entre le Noam de tous les jours et le Noam de toutes ces nuits.

Entièrement concentré sur lui-même, il interceptait ondes et vibrations et notait les effets ressentis. Parfois, tel un peintre de fresques ou de grands formats, il esquissait des impressions sur son bloc-notes. Ça donnait des brouillons incompréhensibles, des graffiti, des écritures cunéiformes, quelque chose comme du sumérien ou alors de l'hébreu. Il n'empêche, ces signes correspondaient à des messages reçus. Noam s'y retrouvait. Dans la vie courante, le jeune homme dissimulait si bien ses dons que l'on avait du mal à comparer l'obtenteur à un artiste quand il était dans sa blouse de jardinier.

Coiffé d'un chapeau de paille, il faisait carrément banal. Ainsi vêtu, il avait un côté Vuillard et Bonnard. Et même une allure à la Van Gogh quand celui-ci, un peu voûté, parcourait les champs de blé.

Par l'une de ces nuits d'août où le ciel faisait sa moisson d'étoiles, Noam n'arrivait pas à se défaire de Rebecca, une jeune fille de treize ans. Elle l'obsédait, l'empêchait de dormir. Elle le serrait à la gorge et l'étouffait. Il écartait ses petites mains et la repoussait. Rien à faire, elle revenait se coller contre lui. Elle pleurait. Elle demandait protection.

Noam travaillait sur sa rose et n'aboutissait pas. Chaque nuit il s'y reprenait. Et chaque nuit il abandonnait. Trop horrible !

Et chaque nuit, Noam remontait le temps et il s'arrêtait au matin du 1er mars 1382.

On avait attaché la petite sur une charrette. Ventre collé au plancher, bras en croix, jambes écartées.

Ils étaient des centaines. Ils attendaient leur tour...

La journée avait pourtant bien commencé pour Rebecca. Accompagnée de sa mère, servante dans un estaminet voisin, elle essayait sa nouvelle robe dans l'arrière-boutique d'une couturière de la rue des Rosiers.

De bon tissu, de sobre coupe, l'habit et le fichu ajusté avec soin symbolisaient, selon la loi hébraïque, le passage de l'enfance à la puberté.

Rebecca était souriante et caressait l'étoffe écrue du bout des doigts. Elle prenait des poses. Se tournait et se retournait devant une glace de métal poli qui ne reflétait pourtant pas la silhouette à son avantage. Elle trouvait sa mère plus jolie qu'elle et le lui dit.

La mère souffrait d'un mal de poitrine. Elle avait les traits tirés et de grandes poches tristes sous les yeux.

Elle accepta le compliment et paya la couturière.

Au moment de quitter la boutique, Rebecca arrangea sa coiffure comme il convenait pour une jeune fille juive, quand elle entendit, venant des rues adjacentes, des cris et des gueulantes, des clabauderies et des clameurs entrecoupés de fracas et d'explosions, à croire qu'une lame de fond dévastatrice, une vague humaine déchaînée s'abattait sur le quartier.

Noam se dépêtra de la fillette affolée, et revint quelques pages en arrière, à la cour de Charles VI.

Un froid rigoureux obligeait les Parisiens à faire feu de tout bois. Rien ne semblait arrêter ce temps pourri, pas même les jours qui le rapprochaient du printemps.

Maussades, les Parisiens râlaient et demandaient des comptes au roi.

Mineur, le jeune roi n'était au courant de rien et

déléguait son pouvoir au duc d'Anjou. On se battait contre l'Angleterre et la guerre coûtait cher. Moins cher cependant que les fastes du palais. Il fallait urgemment alimenter les caisses de la royauté sous peine de perdre cette guerre. En conséquence, le duc d'Anjou, tout comme ses conseillers, ne voyaient pas d'autre solution que de pressurer davantage le peuple.

Aussitôt, conséquence de cette situation, des crieurs allèrent porter la nouvelle à travers les rues recouvertes d'une neige boueuse.

Ils tapaient des pieds et des mains. Et tapaient aussi sur leur tambour, braillant à tue-tête les nouvelles charges que les Parisiens devraient désormais supporter : huit sous par muid de vin français ; douze, par muid de vin de Bourgogne (vin anglais) ; vingt-cinq sous par muid de sel ; six sous par muid de farine.

Partout, sur les champs de foire, les marchés, chez les commerçants, dans les tavernes, on était consterné et révolté par cette injustice.

Prenant prétexte de ce mécontentement, des inconnus venus d'on ne sait où se mêlèrent aux conversations et s'en prirent au Régent, « un faible, un incapable ». Il était, disaient-ils, conseillé par des Juifs qui n'avaient d'autre but que de dilapider le trésor royal.

Parfaitement orchestrée, désignant les Juifs comme boucs émissaires, la rumeur partit en même temps de tous les coins de Paris.

Aussitôt, des centaines de manifestants se mirent en route pour l'île de la Cité et le Marais. La foule grossissait d'heure en heure, tel un fleuve en crue, à croire que tous les déshérités, tous les traîne-misère, toutes les gueusailles, tous les houliers, les ribeaux, les claque-pain, les traînards s'étaient donné le mot et déferlaient à travers les halles qui se vidaient.

Non loin de là, une marchande de quatre saisons garait sa charrette pleine de cresson quand un percepteur un peu trop zélé s'approcha d'elle et lui réclama un arriéré de stationnement.

La bonne femme le prit mal et le traita de tous les noms.

Ils en étaient à échanger des coups quand arrivèrent les premiers émeutiers.

Voyant ce renfort inattendu, la marchande hurla alors : « A bas l'impôt, faites-lui la peau ! »

Etait-il question de faire la peau à l'impôt ou de faire la peau à celui qui le prélevait ? Les révoltés ne s'embarrassèrent pas d'un à-peu-près et prirent la formule au mot. Ils attrapèrent le percepteur, lui crachèrent au visage, le rouèrent de coups et lui défoncèrent la tête.

En un rien de temps, Paris sombra dans la révolte. Et de la foule en colère montèrent les sinistres : « Mort aux Juifs ! », « Mort aux rats ! », le tout parfaitement scandé et suivi de la formule : « La vermine, ça s'extermine ! »

Malgré ces mots lourds de menaces, les Juifs avertis du danger se contentèrent de barricader leur maison et leur magasin.

Pendant ce temps, la meute grimaçante arriva place de Grève, guidée par un meneur bien renseigné qui savait où trouver des armes. Il y en aurait pour tout le monde. En effet, quatre ans plus tôt, lors d'une avancée anglaise menaçant Paris, le prévôt avait commandé et entreposé des milliers de maillets dans les sous-sols de l'Hôtel de Ville.

Les émeutiers enfoncèrent les portes et s'emparèrent des lourdes matraques de plomb. Ainsi débuta ce que l'Histoire a retenu sous le nom de « Révolte des Maillotins ».

Dire que seuls les Juifs du Marais en furent les victimes serait faux. Disons plutôt qu'ils furent les premiers à subir la fureur aveugle d'une foule déchaînée. Il faut d'ailleurs noter que la plupart des insurgés n'avaient encore jamais vu un Juif de près et qu'ils les croyaient faits autrement qu'eux-mêmes. Qu'importe ! Ils ruinaient le royaume ! Ils étaient exemptés d'impôts ! Faux ou vrai, ils devaient payer !

Et en ce premier jour de mars, par grand froid et verglas, un bon millier de personnes surexcitées déboulèrent rue des Rosiers, armées de leurs maillets mais aussi de couteaux, de piques, de fourches, de faux ; des armes d'un maniement plus facile, utilisées de préférence par les matrones.

Arrivés dans le fief des « rats », ils commencèrent par tout casser : les barricades, les maisons et les têtes. Les uns violaient, les autres pillaient. Ils se relayaient. Les uns et les autres se rendaient coupables de crimes ignobles. Ils envahirent les synagogues. Ils tuèrent bon nombre de fidèles. Ils désossèrent les murs et les autels de tout ce qui était susceptible d'avoir quelque valeur.

Mêlés aux émeutiers, des prêtres sommaient les femmes d'abjurer leur religion et de se convertir sur-le-champ. Ils brandissaient des crucifix et des bibles. Et quand les femmes refusaient, on les clouait carrément, bras en croix, contre une porte.

Porte à porte cependant, les Juifs se défendaient comme ils pouvaient. Certains priaient. D'autres, armés de barres de fer et de massues, résistaient à un contre cent. D'autres encore déversaient des fenêtres de l'eau et de l'huile bouillantes sur les assaillants.

Ça grillait, ça hurlait. La rue était rouge de sang. On piétinait les cadavres, les blessés.

Lorsque les émeutiers arrivèrent devant la boutique de la couturière, située au numéro 17, ils marquèrent le pas et cessèrent provisoirement leur carnage.

Une jeune fille les défiait. Brandissant une torche dans chaque main, elle leur barrait la route.

Campée dans sa robe de puberté, les yeux étincelants, elle menaçait :

— Le premier qui me touche, je le défigure pour la vie !

Ce disant, elle bondit vers les brutes et les força à reculer :

— Fichez le camp d'ici ! criait-elle.

Surpris tout autant qu'amusé, le meneur demanda :

— Qui es-tu ? Es-tu chrétienne ?

— Fichez le camp ! répéta-t-elle, en fendant l'air de ses deux torches.

Un instant couchées, puis vacillantes, les flammes reprirent de la vivacité.

Elle s'avança, intrépide, et zébra l'air à nouveau.

L'un des hommes plaisanta :

— T'as failli me griller la moustache, ma poulette !

Il y eut des rires gras.

Le meneur demanda :

— Dis-moi plutôt ce qu'une furie comme toi fait chez les Juifs ?

— J'habite ici, laissez-moi ! lança Rebecca.

— Ta famille est chrétienne ? demanda l'homme.

— Non, ma famille n'est pas chrétienne. Elle est française comme la tienne !

Cet aveu la condamna.

— A mort la Juive ! lança un Maillotin aux mains ensanglantées.

— A mort la Juive ! répétèrent d'autres hommes.

— A mort la Juive ! hurla le meneur en fonçant sur elle.

Rebecca fit un saut de côté et lui écrasa sa torche en plein visage.

Yeux brûlés, cheveux grillés, le gros bras recula.

On entendit des quolibets, des moqueries. Quelqu'un le traita de poule mouillée.

Il revint à la charge. Elle s'écarta et le toucha à nouveau.

Enhardis par le courage de cette femme-enfant qui luttait seule contre tous, des jeunes gens accoururent, qui avec des frondes, qui avec des piques, qui avec des torches bourrées d'huile jusqu'à la gueule.

On eut un moment l'illusion d'une victoire. On se disait que la situation allait basculer. On crut même à l'arrivée de la troupe. En réalité, la troupe était massée devant le palais royal, et elle laissait faire.

Trop peu nombreux, les combattants de la rue des Rosiers tombèrent sous les maillets.

On réservait un autre sort à Rebecca.

Aussi, quand sa mère la vit en si mauvaise posture, elle sortit de chez la couturière où elle se cachait et se précipita, à genoux, aux pieds du meneur :

— Pitié, pitié, ma fille est chrétienne, c'est une enfant, ne faites pas ça !

Elle n'eut pas le temps d'en dire davantage. Une lame la transperça de part en part et la cloua contre une porte.

Moribonde, elle vit qu'on plaquait sa fille contre le plancher d'une charrette.

Bâillonnée, pieds et poings liés, Rebecca subissait déjà l'outrage.

Le meneur donna le ton. Et derrière lui, la meute piaffait d'impatience. Et quand tous ceux de la rue se furent soulagés, il en arriva d'autres d'un peu partout. On aurait dit qu'ils s'étaient donné le mot. Ils s'agglutinaient derrière la charrette et attendaient que la place se libère.

On dit que Rebecca rendit l'âme en début d'après-midi. Elle raidit vite, d'autant qu'il faisait grand froid. Ça n'empêcha pas les fripouilles de venir en elle jusqu'au soir.

Pour finir, on mit le feu à la charrette et on quitta le quartier du Marais à la lueur des incendies.

Pour la seule rue des Rosiers, on dénombra vingt-six morts et plus de cent soixante-dix blessés. Tant et tant de dévastation et de maisons incendiées, de familles ruinées et déchirées que le régent accorda faveurs et réparation aux Juifs de Paris. Pourtant, quelques années plus tard, en 1394, parce que ces Juifs appauvris et défaits ne parvenaient plus à payer leur impôt, le roi, maintenant adulte, décida de les expulser définitivement. Ainsi donna-t-il raison aux Maillotins dont trente-deux furent tout de même exécutés pour l'exemple en place de Grève. C'est que les Maillotins ne s'en étaient pas seulement pris aux Juifs. Ils avaient aussi cassé chez les riches et assassiné nombre de notables et de conseillers de cour.

En marge de ce chapitre, et bien que sachant sa démarche peu scientifique par rapport à l'urbanisme de la rue sans cesse modifié au cours des siècles, Charme donnait les noms des personnes arrêtées pendant l'occupation au numéro 17 de cette même rue, là où était censée être l'échoppe de la couturière.

Noam en avait froid dans le dos.

Halatnikoff Mer. Convoi du 7 août 1942. 1 062 déportés. 6 survivants.

Halatnikoff Hichel. Même convoi.

Halatnikoff Jacques. 12 ans. Convoi du 19 août 1942. 1 000 déportés. 5 survivants.

Halatnikoff Nathan. 12 ans. Même convoi.

Encore des jumeaux, soulignait Charme.

Tauber Benjamin. Convoi du 6 novembre 1942. 998 déportés. 4 survivants.

Tauber Ida. Même convoi.

Sitruk Rachel. Convoi du 30 juin 1944. 1 100 déportés. 167 survivants.

Sitruk Raymonde. Même convoi.

Sitruk Odette. 16 mois. Même convoi.

Sitruk Jacqueline. 3 ans. Même convoi.

Sitruk François. 4 ans. Même convoi.

Sitruk Gladys. 11 ans. Même convoi.

Sitruk Yvonne. 12 ans. Même convoi.

Sobriété de l'horreur.

Noam se disait que les Juifs n'auraient jamais dû revenir à Paris. De même qu'ils n'auraient jamais dû revenir en Allemagne après la guerre. Jamais dû revenir en Pologne. Jamais dû revenir en France.

Il se disait cela, et d'autres choses aussi : que l'on aurait été les chercher où qu'ils soient et quoi qu'ils fassent. Il se disait que la chasse aux Juifs n'en avait jamais fini. Siècle après siècle, on les avait traqués aussi bien à Bordeaux qu'à Toulouse, aussi bien à Dijon qu'à Strasbourg, aussi bien à Metz qu'en Avignon.

A Paris, ça n'était pas la première expulsion des Juifs. Déjà sous Philippe le Bel, en 1306, il n'en était resté que quatre-vingts dans la capitale. La plupart, hormis les rabbins, portaient des noms français. Ils s'appelaient Bouchereau, Mérot, Hurtevin, Gasparin.

Et Rebecca ? se demandait Noam. Comment s'appelait-elle : Rebecca Martin ou Rebecca Dumoulin ? Rebecca Dupont ou Rebecca Maisonneuve ? On ne savait rien d'autre de sa famille. Pas même le prénom de la mère.

Il se consolait. « Rebecca » était pour bientôt. Il la voyait d'un blanc virginal aux reflets carnés, un mélange de Lacharme de 1877, une fleur issue d'un rosier noisette et d'une hybride de Remontant, peut-être une Frau Karl Druschki, de l'obtenteur Lambert : 1896. Noam avait l'idée d'une tache rouge au côté droit : une saignée carmin qui traverserait la masse neigeuse. Il pensait à Rimbaud. Au *Dormeur du val*.

Charles VII ne sembla guère préoccupé de faire revenir les « maudits » à Paris. Quelques familles vivaient à Tours, à Blois, à Loches, à Amboise. La vallée de la Loire semblait leur convenir. Cela n'empêchait pas les populations d'exercer des brimades et d'organiser, de-ci, de-là, des chasses à l'homme. Les grandes forêts s'y prêtaient. C'était plus amusant que de poursuivre dans les venelles.

Fort heureusement, tous les rois de France n'avaient pas la même opinion toute faite sur le judaïsme. Certains considéraient cette religion comme respectable. En l'occurrence, Louis XI autorisa l'installation d'une communauté juive à Bordeaux. Ironie du sort, quatre cent soixante-dix ans plus tard, Maurice Papon la déporterait par chemin de fer vers les camps de la mort.

L'Inquisition espagnole n'épargna pas la France. En 1492, Charles VIII renvoya les Juifs de Savoie. En 1512, Louis XII les chassa de Provence.

En 1530, changement de régime. François Ier créa le collège dit des « Trois Langues ». Latin, grec, hébreu. Il offrit la chaire d'enseignement à Simon Molcho. Il autorisa Paul Paradis, un converti, à professer l'hébreu dans cette institution.

Sans prétendre que François Ier fût philosémite, on peut dire qu'il était ouvert au judaïsme et qu'il n'en craignait pas les méfaits. N'avait-il pas fait venir de Constantinople un médecin juif pour le soigner d'une anémie sanguine ? Le remède, une potion à base de lait d'ânesse, rétablit le roi. On s'arracha alors la recette du médecin juif et toute personne fatiguée s'en porta mieux. A vrai dire, ce médicament fit davantage pour les Juifs que le plus érudit des talmudeurs. On se rendit compte que les Israélites n'empoisonnaient pas systématiquement les chrétiens mais qu'ils pouvaient aussi les guérir.

Succédant à François Ier, Henri IV se montra plutôt tolérant. Il s'entoura même de quelques conseillers juifs originaires de Toscane et du Portugal.

Et puis, le cycle maudit continua. A la mort

d'Henri IV, Marie de Médicis, qui exerçait la régence en attendant la majorité de Louis XIII, prit ombrage de la présence des Juifs. On lui rapporta en effet qu'ils étaient revenus à Paris par petits groupes et habitaient dans leur ancien quartier où d'autres coreligionnaires convertis ou pas n'avaient cessé de s'y cacher en dépit des nombreux arrêts d'expulsion.

D'abord incrédule puis furieuse, la régente demanda par décret le départ des Juifs de l'île de la Cité et du Marais. En revanche, elle autorisa les plus riches, notamment des banquiers et des joailliers venus de l'étranger, à séjourner rive droite.

Chapitre VI

Les mois se succédaient et ne se ressemblaient pas. D'août, nous étions passés en décembre. Il faisait étrangement doux pour la saison. Il pleuvait. Il bruinait sur la rue des Rosiers. Celle-ci était toujours aussi animée, toujours aussi inattendue. Toujours entre deux mondes, mais l'ancien disparaissait peu à peu. Les boutiques changeaient de propriétaires et les nouveaux occupants changeaient l'aspect des boutiques. Il y en avait pour tous les goûts, tous les genres. Plutôt bon goût et bon genre. Plutôt chicos et snob.

Etrangement, la foule des dimanches, toujours aussi dissipée, toujours aussi bruyante et rieuse, semblait ignorer ces transformations. Elle venait dans la rue pour la rue, par habitude, par fidélité, par mémoire. Elle se foutait pas mal que tel ou tel magasin affiche d'autres articles ou donne dans la mode hautement fantaisiste plutôt que de continuer dans la confection de gros.

La foule se contentait d'elle-même. Elle s'auto-émerveillait. Elle s'épatait de sa vitalité. Elle était jeune et en majorité pied-noir, ce qui n'empêchait pas les Ashkénazes, généralement plus discrets, de s'y mêler et de participer aux conversations, debout aux coins de la rue et même en plein milieu.

De groupe en groupe, on traitait des mêmes sujets, sans qu'il en soit convenu. On parlait des événements d'Israël, de l'Intifada, des attentats aveugles, des assassinats ciblés, du moral de la population, des territoires sous contrôle palestinien, du Hammas, du Hezbollah, de la bande de Gaza.

Il y avait les pro- et les anti-Sharon. Des colombes et des faucons, comme là-bas, des va-t-en-guerre et des reste-en-paix. La paix laissait pourtant de jour en jour un drôle de goût amer dans la bouche.

Qu'importe, on se retrouvait ensuite dans les cafés et les pâtisseries du Pletzel à manger des strudels et à boire du chocolat chaud au milieu des touristes américains, lesquels visitaient la rue des Rosiers comme on visitait Soweto dans les années quatre-vingt-dix. L'un d'eux portait d'ailleurs un blouson au dos duquel on pouvait lire : « Je me suis promené rue des Rosiers. Miracle ! J'en suis revenu indemne. »

Le blouson vendu à la sauvette par un filou évoquait l'attentat de 82 chez Jo Goldenberg où un couple d'Américains, les Van Zanten, fut fauché par la rafale des tueurs.

*

Dure journée en vérité.

Il est 13 heures 10 le 9 août 1982. Un temps radieux, un peu lourd peut-être.

Chez Jo Goldenberg, figure emblématique du restaurant qui porte son nom, une trentaine de personnes déjeunent tranquillement en terrasse. Les conversations vont bon train et fusent en plusieurs langues sous les parasols.

Dans les assiettes, tarama maison, carpes farcies, pâté de foie haché, harengs gras, cornichons russes, saucissons et jambon de bœuf.

A l'intérieur, presque autant de monde que dehors. Sièges douillets, bonne ambiance.

A l'entrée, le rayon charcuterie où chacun peut choisir sa commande.

Assis seul à une table, faisant face au bar, un homme se lève et quitte le restaurant. Il ressemble à tout le monde. Personne n'y prête attention. A peine s'est-il éloigné d'une dizaine de mètres qu'un engin placé sous sa chaise explose.

L'affolement ! On est tétanisé ! On hurle ! Pas le temps de s'enfuir.

Une grenade offensive, lancée par une fenêtre ouverte de la rue Ferdinand-Duval, roule sur le sol et se bloque contre une chaise.

Enorme déflagration. Des consommateurs s'écroulent. D'autres se jettent à terre et tentent de s'éloigner en rampant dans les flaques de sang.

Au même moment, et comme s'ils avaient répété cent fois cette même action meurtrière, deux hommes pénètrent dans le restaurant et brandissent de dessous leur veste des pistolets-mitrailleurs. L'un d'eux, comme pour intimider, tire une rafale au plafond. La tuerie commence.

C'est méthodique, planifié. Mme Morse, la caissière du restaurant, s'effondre, touchée en pleine poitrine.

Des consommateurs paniqués se dissimulent derrière le bar. Tiré comme un lapin, le plongeur s'affale dans les piles d'assiettes. Quatre balles dans le dos. D'autres clients touchés tombent à leur tour.

Une servante, Nathalie Tvaouri, la trentaine, parvint à s'échapper par la fenêtre.

Le plus ancien employé du restaurant, Mohamed Benemou, un musulman marocain qui s'était absenté quelques minutes, arrive pile sans rien comprendre. Les tueurs qui engageaient un second chargeur n'hésitent pas et le criblent de gros calibre.

Touché à mort, Mohamed bascule la face dans le caniveau.

Alerté par la fusillade, un policier en civil qui déjeunait dans une rue voisine se ramène l'arme au poing.

Malheureux hasard : s'étant précipité à l'étage pour y prendre son fusil, Marko, l'un des fils de Jo, l'aperçoit. Aucun signe ne distingue le policier d'un simple civil. Il le prend pour l'un des tueurs et ouvre le feu.

Touché d'une décharge de chevrotine en plein visage, le policier s'écroule.

Dans la rue, c'est l'épouvante. Les riverains, les passants s'enfuient ou se jettent à plat ventre derrière des abris de fortune.

Les deux tueurs quittent le restaurant. Ils remontent tranquillement la rue des Rosiers à visage découvert et tirent sur tout ce qui bouge. Ils dégomment un commerçant puis, d'une rafale, ils éventrent une femme terrée sous un porche.

Rue des Blancs-Manteaux, un peu plus loin, les assassins, sourire aux lèvres, empreints d'un air jubilatoire, tirent encore et abattent pour le seul plaisir de tuer.

L'un d'eux, de type méditerranéen, n'a pas plus

d'une trentaine d'années. Il est vêtu d'un costume bleu clair et porte une sacoche en bandoulière.

L'autre, un barbu, coiffé d'un petit chapeau noir, ressemble comme un frère à un Juif pieux.

Tout a été très vite, très soudain, très brutal.

A 13 heures 24, la dépêche de l'AFP tombe sur le téléscripteur de l'Elysée. Jean-Louis Bianco avertit aussitôt François Mitterrand.

Rue des Rosiers, c'est la stupeur. On a du mal à reprendre son souffle. Et pourtant, la foule commence à converger vers le restaurant de Jo Goldenberg. La colère monte. On s'en prend au gouvernement qui pratique une politique anti-israélienne. On attaque également la presse. On accuse les médias de répandre, jour après jour, une monstrueuse image de l'Etat hébreu.

A 20 heures, le même soir, coiffé d'un chapeau à larges bords, choisi avec soin, François Mitterrand, pâle comme la mort, se présente devant la synagogue de la rue Pavée.

A ses côtés, Gaston Defferre. Les deux hommes assistent au kaddish, la prière des morts.

A leur sortie, ils sont conspués.

Six morts, vingt-deux blessés.

Une fois de plus, la rue des Rosiers a payé. Ça n'est pas un hasard. Plutôt une tradition. Et même une habitude.

Noam se disait que ces morts et ces blessés méritaient bien une rose. Pour Jo Goldenberg, il inventerait peut-être un bouquet. C'est que celui-ci avait déjà durement trinqué pendant la dernière guerre. Toute une famille décimée qui vivait au numéro 15 de la rue.

Six personnes, d'un seul coup, pour le même voyage au bout de l'horreur : *Fanny, Hada, Rachel, Suzanne, Jacques et Nahoum. Convoi 61 du 28 octobre 1943. 1 000 déportés. 42 survivants.*

Au numéro 15. Encore pour mémoire. Et surtout pour leur mémoire, Noam nota sur sa liste : *Isaac Baranoff. Convoi 76 du 30 juin 1944. 1 100 déportés. 167 survivants.*

Maurice Wenger, six ans, arrivé à Drancy le 31 juillet 1944, et porté disparu.

Drancy ! Les jumeaux y avaient sans doute séjourné. Vu leur âge, pas même un an, une bonne âme, un flic, un gendarme, une dame de la Croix-Rouge les avait peut-être recueillis ?

Abraham Seltzer détenait le secret.

Toujours pas de nouvelles. Un silence de mort.

Et pourquoi les morts ne parleraient-ils pas aux vivants ?

Charme en savait quelque chose. Pourtant, chez elle, les murs s'étaient calmés. Ni plaintes, ni gémissements. Juste quelques craquements, des grincements. Rien de bien méchant. C'étaient plutôt des bruits normaux, quelque chose de familier à toute construction ancienne. En réalité, les agissements insolites attribués à des esprits humains avaient cessé peu après l'installation de Noam dans les lieux. Charme s'en était félicitée. Elle se disait que les murs s'étaient tus car Noam était porteur d'un projet ambitieux. N'allait-il pas glorifier la mémoire de tous les malheureux auxquels on avait volé la vie d'innommable façon ? En clair, les murs de l'immeuble acceptaient l'offrande des roses pour réparation des outrages subis au cours des siècles.

Noam s'était trouvé embarrassé par ce poids des ans qu'on lui mettait sur les épaules. Il trouvait la chose exagérée, le propos quasi surréaliste, pour ne pas dire délirant.

Il avait protesté, démontrant qu'il n'était absolument pour rien dans ce silence soudain des murs. Et comme sa démonstration tombait à plat faute d'être prise au sérieux, il avait fini par convenir que Charme avait certainement raison de le voir en sauveur de leurs nuits paisibles.

A vrai dire, Noam n'osait tenir tête à sa compagne. Ça ne servait à rien de la contrarier. De toute manière, sur ce sujet, elle était irrationnelle. Mieux valait alors entrer dans ses obsessions et admettre l'existence de phénomènes paranormaux liés à des perceptions extrasensorielles.

Peu à peu, mois après mois, et même année après année, à force de se prendre au jeu, Noam s'était mis à y croire. Et cette manière de penser, cette façon d'aborder les choses l'aidaient à réaliser des créations baroques à partir du modèle et de son double de rose. C'était pour l'obtenteur un long travail de réflexion où chaque point de convergence méritait une étude particulière du caractère humain comme du caractère de la fleur. Mais Noam prenait aussi en compte les circonstances de l'assassinat, l'époque, le climat politique du drame, tout comme il attachait de l'importance à la personnalité des tueurs et à celle des commanditaires.

Pour Noam, tout se tenait. Et tout devait se retrouver dans la rose à venir.

Pour l'instant, Noam planchait sur sa Galigaï, une fleur dédiée à Léonora Galigaï guillotinée place de Grève le 8 juillet 1617.

Mystérieuse héroïne en vérité que cette Léonora Galigaï dont le nom de jeune fille pouvait se confondre avec ces roses d'antan, les fameuses *Gallicanae* ou *Gallica*. Aucune relation cependant entre la belle Italienne et ces roses rapportées d'Orient aux temps antiques. On ne sait exactement comment cette hybride se répandit en Europe. Etait-ce le fait d'un marin grec ou phénicien ? Quel que soit ce navigateur romantique, il était amoureux des senteurs capiteuses et des pétales de soie plus doux que lèvres de femme.

Romantique, mais encore aventurier, le Gréco-Byzantin embarqua sur boutre ou felouque cet églantier sauvage et cingla toutes voiles dehors vers les côtes de France. A quelle belle, à quelle reine était destiné ce présent ? A personne peut-être. Juste à la beauté du rosier. A l'agrément du voyage.

Naufragée, échouée sur la grève, on suppose que cette espèce indigène fit souche et qu'elle embauma les siècles sans rien perdre de sa vigueur et de son parfum.

Acclimatée mais jamais vraiment domestiquée, la *Gallica moschata* était la rose préférée de Louis XVI. Ne dit-on pas que le roi en tenait une entre deux doigts et la respirait quand il fut arrêté à Varenne ?

On rapporte que le fougueux Bonaparte avait un faible pour la *Gallica damascena,* un voluptueux croisement de *Gallica* et de *Phoenicia*, et qu'il en expédiait de somptueux bouquets à Marie Walewska par carrosse express de Paris à Varsovie.

Pour l'heure, intrigué par l'étrange concordance du nom de la fleur et de la femme, Noam s'intéressait à Léonora Galigaï, accusée de sorcellerie et de crime de lèse-majesté divine par le parlement de Paris.

Dans son livre, Charme la présentait tantôt fatale, et d'une beauté subjuguante ; tantôt bancale et atteinte de tous les maux. On l'imaginait encore jeune : la trentaine, brune piquante et sensuelle. Et à peine l'avait-elle dépeinte ainsi que Charme nous la montrait autrement : la cinquantaine, acariâtre, névrosée, intrigante.

A vrai dire, il semble que la Galigaï, personnage hors du commun, ait multiplié les personnalités, à l'exemple de bien des actrices qui passent d'un rôle à l'autre sans oublier forcément les précédents. Mais la Galigaï, une Florentine, n'avait pas besoin d'auteur pour lui écrire ses propres rôles. Elle possédait le verbe et le sens de la repartie. Elle pouvait être cinglante et d'une ironie blessante. Son caractère, son attitude lui valurent d'être condamnée pour complot, traîtrise, impiété, sorcellerie et autres crimes...

A ces accusations pour le moins infondées et qui visaient surtout son défunt mari, l'Italien Concino Concini, s'ajoutaient de nombreux griefs concernant la judaïté de Léonora. Judaïté d'ailleurs jamais prouvée et au sujet de laquelle de multiples allusions vinrent émailler le procès. N'avait-on pas trouvé chez elle un manuel d'hébreu, un chandelier à sept branches, des figurines de cire ? N'avait-elle pas fait sacrifier un coq par un curé, le père Roger, lui-même gagné, disait-on, par le démon du judaïsme ?

Du 12 mai au 8 juillet 1617, le temps du procès, les questions les plus perfides ne cessèrent de noircir la Galigaï :

« — N'avez-vous pas hébergé des Juifs chez vous, en cachette de la reine, notamment un certain Mendès, lequel se serait réjoui de l'assassinat du roi Henri par Ravaillac ? »

« — Des serviteurs vous ont entendue plaisanter sur le triste sort du roi. »

Les questions arrivaient n'importe comment pour mieux dérouter la Galigaï :

« — On nous rapporte que vous répugnez à manger des viandes entrelardées. »

« — N'avez-vous pas fait venir d'Italie un médecin juif nommé Montaldo ? »

« — Etait-il censé soigner vos maux imaginaires ou vous enseignait-il, clandestinement, la religion juive ? »

« — Ledit Montaldo se servait-il de la cabale pour vous délivrer des tourments que le diable vous infligeait ? »

« — Ledit Montaldo vous a-t-il persuadée que la religion juive était la meilleure des religions du monde ? »

« — On dit que vous auriez introduit un voyant dans votre appartement et qu'il vous aurait appliqué sur le front certaines phrases extraites de psaumes afin de deviner quel serait votre avenir. »

La Galigaï démentait. Elle se battait avec panache

et réfutait en bloc les accusations de sorcellerie qu'on lui prêtait.

A chaque audience, excédée, malheureuse, ne supportant plus le cachot où on la détenait, elle en appelait à la reine et réclamait sa protection. Seule la reine, en effet, aurait pu venir témoigner de sa moralité. Les deux femmes se connaissaient bien et depuis fort longtemps.

Fille du grand duc de Toscane, Marie de Médicis avait eu Léonora comme jeune fille d'atours. C'est elle qui coiffait la princesse de Florence à son réveil et la distrayait avec des histoires de cour.

La petite était douée et lorsque les ragots manquaient, elle les inventait.

Quand Marie de Médicis épousa Henri IV, elle invita Léonora à la suivre. Paris valait bien Florence !

Léonora n'hésita pas. Elle servit la reine de France tout comme elle avait servi la princesse de Florence. Entre la reine et Léonora, il y avait bien des étrangetés et bien des complicités. Par exemple, à la demande de la reine, Léonora s'unit à Concino Concini. En mettant le couple dans son camp, la reine faisait coup double. Mieux encore, à la mort d'Henri IV, elle gouverna de concert avec Concini.

L'Italien était assurément le meilleur ami et le meilleur amant de la reine. Libertin, échangiste, il envoyait sa femme tantôt chez la mère, tantôt chez le fils. Autant dire que le jeune Louis XIII détestait l'Italien car il le voyait manipuler sa mère et qu'il était lui-même, par les sens, sous l'influence de Léonora, son épouse.

Quoi qu'il en soit, les Concini manœuvraient la royauté et imposaient leur politique à Marie de Médicis, entièrement gagnée à leur cause. Il n'en allait pas de même avec le jeune roi, qui voyait en Concini un conspirateur agissant pour le compte de puissances étrangères.

Pour ou contre les Concini ? La mère et le fils s'opposaient si violemment qu'ils en vinrent à se faire la guerre.

Enfin émancipé, Louis XIII fit assassiner Concini. Et comme ce meurtre ne suffisait pas à le venger des vexations subies et des secrets d'alcôve partagés, il expédia sa mère à Blois, où elle resta sous bonne garde. Dans le même temps il fit arrêter et embastiller Léonora Galigaï.

S'ouvrit alors un procès dont l'issue libéra Louis XIII d'un poids fort embarrassant.

Entre chaque audience, la Galigaï croupissait dans son cachot de la Bastille. Insultée, battue, malade, elle n'était remise sur pied que pour être conduite à la Conciergerie. Et là, accusée, cernée par la mauvaise foi, elle brillait tout à coup d'un nouvel éclat. Seule contre tous, elle trouvait l'énergie et les mots pour fustiger ses calomniateurs.

Ceux-ci encaissaient et persiflaient. Rien, ni personne, sinon le roi lui-même, ne pouvait modifier un jugement forcément partial et pratiquement rendu avant l'ouverture du procès.

Ignorante du sort fait à la reine, Léonora espérait un signe, un geste qui viendrait la sauver d'une mort certaine.

Plus dur à supporter que les rats et les cafards, le silence de la reine affectait gravement la Galigaï.

Défaite, hirsute, couverte de pustules, la beauté d'antan n'était plus que l'ombre d'elle-même.

Voûtée, rhumatisante, souffreteuse, vieillissante, abandonnée des hommes et de Dieu, minée par un profond sentiment d'injustice, telle était la Galigaï au matin du 8 juillet 1617, lorsqu'elle comparut une dernière fois devant ses juges pour crime de lèse-majesté divine et humaine.

De cette femme tassée sur elle-même, on ne distinguait qu'un long cou bientôt promis au couperet.

Visage tendu, bouche crispée, un affolement dans l'œil noir, elle écoutait la voix tranchante du procureur énumérer l'arrêt qui la condamnait :

« La cour déclare que les biens féodaux desdits Concini et Galigaï, tenus et mouvants immédiatement de la Couronne de France, remis et incorporés au domaine ainsi que leurs autres fiefs et biens, meubles et immeubles, étant de ce royaume acquis et confisqués au roi, sur eux préalablement pris 48 000 livres parisis d'amende. »

« La cour déclare tous les autres biens acquis par lesdits Concini tant à Rome que Florence, et qu'en autre lieu hors le royaume, comme provenus des deniers dudit Seigneur Roy, aient mal pris au fonds de ses finances. A cette fin, le procureur général du Roy fera les diligences nécessaires pour la restitution de ceux-ci. »

La Galigaï trembla. Avait-elle froid ? Avait-elle peur ?

Pas un mot sur ses supposées pratiques sataniques. Pas une fois le terme de sorcière n'avait été prononcé. Tant de méchantes choses dites et redites ces derniers jours et oubliées tout à coup pour se voir muées en haute trahison.

Pleurait-elle de rage ? Ou sanglotait-elle sur son sort ?

Elle écoutait. C'était terrible.

« La cour déclare l'enfant né du mariage desdits Concini ignoble et incapable de tenir état et dignité en ce royaume, ordonne que la maison en laquelle demeurait ledit Concini, près du Louvre, sera rasée et démolie pour le bon plaisir du Roy et que les biens non mouvants de la Couronne seront vendus et les deniers en provenant déclarés appartenir au Roy, mis en ses coffres pour être employés aux affaires dudit Seigneur Roy. »

La Galigaï eut un sourire de dérision. Elle se disait qu'après avoir joui de son corps — ne l'avait-elle pas éduqué à l'art de l'amour ? — le roi jouissait maintenant de ses biens.

Le procureur lut l'ironie sur les lèvres de l'accusée. Il s'arrêta soudain et regarda sévèrement cette femme qui osait encore braver la cour. Au bout d'un moment il dit :

— Êtes-vous prête, madame, à entendre la sentence ?

Pour toute réponse la Galigaï se racla la gorge et cracha.

Etait-ce l'effet du mal de poitrine qui la rongeait ? Etait-ce pour marquer son dédain face à cette cour qui la jugeait ?

Impassible, le procureur poursuivit :

« La Cour déclare lesdits Concini et Galigaï, sa veuve, criminels de lèse-majesté divine et humaine. Et pour réparation a condamné et condamne la mémoire dudit Concini à perpétuité. Et la Galigaï à avoir la tête tranchée sur l'échafaud dressé pour cet effet en place de Grève. »

Les jambes soudain lourdes, la Galigaï se sentit partir et se raccrocha à la barre.

Visage livide, lèvres bleuies, yeux creusés, on aurait dit qu'elle était abandonnée par son sang.

Deux gendarmes intervinrent aussitôt et la soutinrent.

Debout, mais désarticulée, elle dut écouter la suite du verdict. Celui-ci était aussi cruel que macabre. Et l'on vit d'ailleurs le magistrat, tel un loup devant sa proie, se lécher les babines avant de continuer sur un ton sans appel :

« L'échafaud ayant fait son œuvre, tête et corps seront brûlés et réduits en cendres. »

L'homme eut un regard vers l'accusée et termina sur ces mots :

« Prononcé ce jour à ladite Galigaï pour être exécuté sur-le-champ, ce même jour du 8 juillet de l'an 1617. »

Quand la charrette arriva place de Grève, la foule attendait depuis de nombreuses heures sous un soleil de plomb. Surexcitée, suante et pissante, assoiffée d'eau fraîche et de sang, elle s'en prit à la Galigaï hurlant des « A mort la sorcière ! », des « A mort l'Italienne ! », des « A mort la Juive ! ».

Dire que la Galigaï monta fièrement vers l'échafaud serait mentir. La fierté était peut-être en elle mêlée à la peur du néant mais d'elle, on ne vit alors qu'une forme torturée, une silhouette boiteuse et voûtée qui peinait à chaque pas.

La foule s'impatientait. Ça n'allait pas assez vite.

Brave bonhomme, le bourreau alla vers sa victime et l'aida à franchir les dernières marches.

Pas d'extrême-onction pour les sorcières, pas de baptême pour l'enfer.

Encouragé par la foule qui voulait voir la tête de la Juive rouler dans la panière, le bourreau ceintura la Galigaï et la poussa sans ménagement sous le couperet.

Le cou était bon à prendre : un ravissement, une rare merveille. Une récompense de bourreau.

L'instant fatal. La foule retint son souffle. On entendit alors une supplique, un prénom, Marie, à peine murmuré.

Le couperet d'acier tomba sèchement, droit comme la foudre.

D'un seul regard la foule suivit la tête décollée. Elle sauta puis roula mollement vers la panière.

Grands ouverts, les yeux noirs cillèrent puis s'écarquillèrent à nouveau.

Affalé, vomissant le sang par la gorge impeccablement tranchée, le corps de la Galigaï n'intéressait plus personne.

Il n'en fut pas de même avec la tête.

Destinée à être brûlée et réduite en cendres, elle disparut de la fosse dans les minutes qui suivirent l'exécution.

Les recherches menées par Charme nous apprennent que le bourreau et ses assesseurs auraient été achetés par Montaldo, le célèbre médecin juif appelé de l'étranger par la Galigaï. Il n'y avait rien d'étonnant à cela. Montaldo avait soigné et aimé passionnément la Florentine. Le temps avait flétri la belle mais le vieil amant ne s'apercevait pas des ravages causés par les ans.

A sa mort, il l'aimait comme au premier jour. Et tandis que se déroulait l'infamant procès, le savant homme qui traitait également le roi n'eut de cesse que d'implorer sa grâce. En vain. Louis XIII se montra inflexible. Pis encore, il menaça Montaldo et sa famille d'expulsion.

Jugeant la décapitation de son ex-maîtresse indigne d'une telle beauté, Montaldo, conseillé par un certain Jonathas, boucher rue des Rosiers, mit au point un stratagème qui permit d'épargner des flammes le gracieux visage : au lieu de le jeter au feu pour qu'il y brûle jusqu'à ce que cendres s'ensuivent, on jeta au bûcher la tête d'une brebis enveloppée d'un drap percé de deux trous à la place des yeux. La bête avait le regard si humain, l'œil si effrayé que les badauds n'y virent que du feu.

Toujours selon Charme, Montaldo embauma en secret la tête de la Galigaï et la convoya jusqu'au cimetière juif d'Amsterdam où il fut lui-même enterré une dizaine d'années plus tard.

En marge de cette tragédie où les intrigues de cour et les ténébreuses affaires de cœur se réglaient par des meurtres et des parodies de procès, Charme notait l'étrange parenté qui liait ce Jonathas, boucher au 2, rue des Rosiers, et l'usurier Jonathas brûlé vif au même endroit en avril 1290 pour fait de sorcellerie et crime d'hostie. Et sur ce Jonathas boucher qui maquillait si bien les têtes de brebis en têtes de femmes courut bientôt une méchante rumeur. Ne disait-on pas qu'il s'était acoquiné avec le bourreau et qu'il exposait à l'étal sous l'appellation « viande de veau » des morceaux de viande humaine fraîchement décapitée ?

Aucune preuve ne vint étayer ces accusations de quartier. Des experts en viande se déplacèrent et examinèrent pièce par pièce les rôtis, les bavettes, les hampes, les côtelettes et les abats. Ils ne trouvèrent rien à redire sur l'origine et la qualité de la nourriture proposée.

Cependant, si tenace était la rumeur, si nombreuses les plaintes, que ce Jonathas, soigné bénévolement par Montaldo pour mal de foie, monta à son tour sur l'échafaud. Ensuite, il fut empalé, mis en broche, grillé, découpé et jeté aux chiens.

Outré, persuadé qu'elle exagérait, ou bien même qu'elle inventait, Noam s'en prit à Charme :

— Ne me dis pas que tu as trouvé cette histoire de boucher dans les archives de la rue. Je ne peux pas te croire ! Passe encore pour la Galigaï car la chose est connue, mais pourquoi en remettre ?

Stupéfaite, elle répliqua :

— Incroyable, au lieu de haïr tous ces horribles qui n'ont cessé de calomnier et d'assassiner, voici que tu t'en prends à la seule personne qui éclaire les choses !

— Tu n'éclaires pas. Tu les assombris !

Elle s'emporta :

— Je n'assombris pas, je rends justice. Mais que crois-tu Noam, que la rue des Rosiers était un parc de loisirs ? Que Paris regorgeait de saints et de sages ? Que la chrétienté était synonyme de charité et de bonté !

C'était leur première dispute. Leur premier différend. Il ne l'avait jamais vue hors d'elle, possessive à outrance, bardée de certitudes.

La colère ne lui allait pas. Il la trouvait moins belle, pleine d'épines : moitié églantier, moitié roncier.

Et tout à coup, Noam douta de ses sentiments pour elle. Il n'était pas sûr de l'aimer, pas sûr de vouloir continuer.

Il la défia :

— Tu t'emballes, comme si la vérité te blessait !

— De quelle vérité parles-tu ?

— De Jonathas, par exemple.

— Qu'est-ce que tu veux dire ?

— Je ne veux rien dire, je m'interroge seulement sur la véracité des faits.

Vexée, elle lança :

— C'est ça, tu penses que j'invente, que je tronque l'histoire ?

Juste pour voir, comme au poker, quitte à perdre la mise, il bluffa :

— Effectivement, je pense que tu inventes certaines choses.

Prise de court, elle hésita un instant et clama :

— Et quand bien même j'apporterais un prolongement possible, pour ne pas dire évident, à quelque situation ! Quand bien même j'insérerais une part de logique à l'irrationnel, voire une parcelle d'irrationnel à des actions purement réfléchies et préméditées ! Où serait la faute ? Quel serait le crime ?

Elle le regarda de son œil bleu acier et ajouta :

— Quoi qu'il en soit, quoi que je fasse, quoi que j'écrive, je n'atteindrai jamais le degré d'abjection zéro. De même que je ne toucherai jamais le fond des horreurs commises au nom de Dieu ou de la justice des hommes.

Il voulut l'interrompre. Elle l'en empêcha :

— Je t'en prie, laisse-moi finir. Tout à l'heure, tu me parlais des archives. Tu les supposais épurées, voire muettes au regard de certains événements. Eh bien, c'est exact Noam. Quand les archives restent silencieuses, il faut savoir les bousculer, les mettre à mal jusqu'à ce qu'elles reviennent à la raison et délivrent enfin ce que les scribes ou les greffiers ont enterré de leur propre chef.

Il essaya de la calmer. Elle passa outre et continua :

— Quant aux rumeurs, eh bien, vois-tu, si elles ne se vérifient ni par l'écrit, ni par une quelconque trace orale, elles se confirment malheureusement par les dégâts et les massacres qui en résultent. Et si je te dis que Jonathas le boucher aida Montaldo à sauver des flammes la tête de Léonora Galigaï, sa maîtresse, il faut me croire, tout comme tu dois me croire quand je te dis que Jonathas, accusé de commercialiser en sa boucherie la chair des guillotinés, monta à son tour sur l'échafaud où il fut grillé, découpé en morceaux et jeté en pâture aux chiens !

Elle reprit son souffle et poursuivit non sans ironie :

— Certes, si je te disais que quelques crève-la-faim en ont également profité, tu m'accuserais sûrement de morbidité maladive. Eh bien cela, tu vois, je me suis gardée de le mentionner.

Il avait envie de mettre les pouces. Alors, souriant, il demanda :

— C'est vrai, ils en ont mangé ?

Elle lui rendit son sourire et répondit :

— Franchement, je n'en sais rien. On peut tout de même le supposer !

Il s'approcha d'elle et dit :

— Il paraît que la chair humaine est sucrée. Qu'en penses-tu ?

— Je n'ai pas eu l'occasion d'en goûter.

— Eh bien, moi, je sais, c'est sucré.

Il la prit dans ses bras et lui mordilla le cou en murmurant :

— Moi, je commencerai par t'embrocher là où tu sais. Et puis je te mangerai bleue, avec de la moutarde.

Elle s'abandonna.

Il était tout à fait sûr de l'aimer. Tout à fait sûr de vouloir continuer.

Chapitre VII

A son retour d'Auschwitz, Abraham Seltzer se sentait investi d'une mission quasi universelle. A trente-deux ans, il se disait qu'il n'aurait pas assez de toute la vie pour satisfaire la dernière volonté de ceux qu'il avait accompagnés dans la mort.

Là-bas, dans cet espace sans nom et sans Dieu, dans cette usine à fabriquer les cadavres, il avait souhaité mille fois mourir plutôt que de survivre dans pareilles conditions.

Mais ne disparaît pas qui veut de la surface de la Terre, quand bien même cette Terre préfigurerait l'enfer dans toute son horreur.

En raison de sa taille, de sa force, on l'avait affecté comme kapo dans une brigade composée de morts vivants, des brutes à la fois anges et démons. Ces hommes, si l'on peut encore parler d'hommes, bénéficiaient d'un sursis généralement assez court. Un rien, un geste d'humeur, une hésitation, un regard de pitié les dénonçaient comme incapables. La moindre faiblesse à la vue d'un parent ou de son propre enfant surgi du dernier convoi et qu'ils refusaient de gazer les condamnait aussitôt à subir le même sort.

Pour Abraham Seltzer, le prix du sursis était trop élevé. On ne marchande pas un bout de sa vie contre l'extermination en masse de tout un peuple.

Pas d'autre solution que de mourir. Pas d'autre moyen de mourir, à la seconde près, que de s'opposer à l'exécution de ces basses œuvres. Rien ni personne n'obligerait Abraham Seltzer, professeur d'allemand, agrégé d'histoire, à travailler parmi les squelettes et la cendre.

Comment pourrait-il pousser dans la chambre à gaz des hordes de malheureux désorientés et dénudés auxquels on fait croire qu'ils vont passer sous la douche ?

Comment pourrait-il attendre que prenne fin cette lente agonie dont témoignaient les griffures des murs, les ongles arrachés, les bouches ouvertes et tordues ?

Quel instinct de vie, quelle valeur de soi-même obligeraient Abraham Seltzer à vider la chambre à gaz de ses cadavres et à transporter les corps dans les fours crématoires ?

Personne n'était capable de contraindre le géant. Ni les coups, ni la schlague. Ni le froid, ni les gelures du corps nu exposé la nuit au vent et à la neige.

D'habitude on traitait les réfractaires d'une balle dans la nuque : liquidation immédiate avec pour seule trace un peu de fumée, une vague poussière de suie.

On ne saura jamais, et lui non plus d'ailleurs, ce qui a sauvé Seltzer de cette exécution immédiate. Un miracle ? Une fin pas encore écrite ? Un ordre pas donné ? Un caprice de SS ? Un oubli ? Une grâce ! Une farce du destin ?

Un peu de tout cela sans doute.

Transporté à l'infirmerie dans un état comateux, hésitant semble-t-il entre la vie et la mort, revenant à lui pour s'en éloigner instantanément, Abraham aurait, dans un moment de fort délire, récité sans faille un long extrait des *Souffrances du jeune Werther*.

La vie de l'homme paraît un destin splendide :
Que le jour est aimable et que la nuit est grande !
Et nous, plantés dans les délices d'un paradis,
A peine savourons-nous le très illustre soleil
Que déjà une aspiration confuse entre en lutte,
Tantôt avec nous-mêmes, tantôt avec notre entourage ;
Rien ne trouve au-dehors de complément souhaitable,
L'apparence est sombre, alors que l'intérieur resplendit,
Mon retard trouble découvre un extérieur brillant,
Voilà que le bonheur est proche — et on le méconnaît.

Passionné de Goethe, le médecin chef, tout autant assassin que poète, se rendit auprès des officiers et annonça la bonne nouvelle : un drôle de phénomène se mourait à l'infirmerie en déclamant l'œuvre de Goethe. Devait-on s'en servir comme cobaye ou le préserver des expériences programmées ?

Les officiers restèrent évasifs et demandèrent à voir au cas où la chose se répéterait.

Et quand la chose se répéta lors d'une fièvre qui avoisinait les 42 degrés, on alla chercher le commandant du camp. Comme il fallait faire vite, il se précipita à l'infirmerie afin d'écouter le phénomène.

Surprise ! Cette fois, le géant émacié au visage d'ecchymoses laissait le jeune Werther à ses malheurs pour s'intéresser à *Faust*. Et de cette bouche juive édentée sortait en pure langue allemande une scène de *Faust* dans laquelle le magicien vend son âme à Méphistophélès en échange du savoir et de l'immortalité :

« Ah mon ami y a-t-il quelque breuvage qui puisse m'ôter trente ans de dessus le corps ? Malheur à moi si tu ne sais rien de mieux. J'ai déjà perdu toute espérance. Se peut-il que la nature ou qu'un esprit supérieur m'indique un baume capable d'adoucir mon sort ? »

Et Méphistophélès répondit :

« Mon ami, tu parles avec sagesse. Il y a bien pour te rajeunir un moyen tout naturel mais il se trouve dans un autre livre et c'est un singulier chapitre. »

« Je veux le connaître », dit Faust.

« Resserre donc ta pensée dans un cercle étroit, conseilla Méphistophélès. Contente-toi d'une nourriture simple. Vis comme une bête avec les bêtes et ne dédaigne pas de mettre la main à la bêche. Creuse la terre et retourne-là. Tu verras, c'est le meilleur moyen de te rajeunir de quatre-vingts ans... »

Epaté autant qu'intrigué, le bourreau claqua des talons et applaudit le mourant : « Sauvez-le donc ! » ordonna le commandant du camp aux sinistres médecins.

Etrange fortune. Parce qu'il connaissait en partie l'œuvre de Goethe, on soigna le « phénomène » du mieux que l'on put. Du même coup, Abraham Seltzer échappait aux expérimentations des apprentis sorciers, mais aussi à l'ignoble corvée pour laquelle on l'avait désigné.

Dire qu'Abraham Seltzer était protégé par sa bonne étoile serait faux. Il n'y avait pas d'autre étoile à Auschwitz que celle qui était cousue sur les vêtements qui s'accumulaient par centaines de milliers dans un baraquement où s'entassaient déjà les lunettes et les dentiers, sans compter les poupées, les joujoux de toutes sortes, pauvres petites choses orphelines de leurs enfants.

Dire qu'Abraham Seltzer dépendait d'une bonne ou d'une mauvaise humeur serait plus juste. Un rien, un faux pas, le caprice d'un officier ou d'un kapo pouvait à tout moment l'expédier, anonyme parmi les anonymes, dans l'autre monde. D'ailleurs l'infirmerie où il travaillait n'était rien d'autre qu'une étape transitoire entre le monde des morts vivants et le monde des morts tout court. Ceux qui y séjournaient n'en repartaient jamais sur leurs deux pieds. Soit on les y amenait, sans logique aucune, juste avant le gazage, pour les examiner et éventuellement les traiter d'une affection quelconque. Soit on les expédiait aussitôt après vers la chambre. Soit on gardait les plus sains, les plus vigoureux pour leur inoculer toutes sortes de microbes et de virus.

Ceux-là, les cobayes, restaient à l'infirmerie le temps nécessaire à l'incubation et à l'étude évolutive de la maladie.

Nommé aide-infirmier, le prof d'allemand, l'agrégé d'histoire distribuait médicaments ou poison. Il prenait le pouls, la température, il plaçait les sondes, vidait les bassins, fermait les yeux des mourants, désinfectait les nouveaux venus. La routine effroyable des jours ordinaires.

Parfois, lorsqu'un mort présentait sur sa poitrine ou son dos un tatouage original, on le lui retirait pour réaliser un abat-jour en peau humaine. Là, on laissait faire les techniciens. Parfois un chirurgien. Parfois un boucher ou un charcutier. C'était au choix, au contenu des convois. L'« opération » ne réussissait pas toujours. Dépouiller un homme sans abîmer l'épiderme, c'est moins facile que de dépiauter un lapin. Cette anecdote pour souligner qu'à Auschwitz, comme dans les autres camps de la mort, les tatoués n'avaient aucune chance de sauver leur peau.

Peu d'hommes en vérité luttaient pour sauver la leur, tant l'épreuve de la survie s'avérait délicate. Submergés par l'horreur, les uns ne la voyaient plus et surnageaient dans le cloaque, espérant tenir quelques jours, quelques semaines de plus. Les autres, à l'inverse, ne voyaient qu'elle et se désespéraient d'exister encore sous prétexte qu'ils étaient utiles à la bonne marche de cette entreprise gigantesque spécialisée dans la fabrication du plus grand nombre de cadavres.

Il était des soirs où l'on obligeait l'infirmier à déclamer du Goethe au carré des officiers. On le récompensait d'un morceau de pain et de viande. Quelquefois, d'un sourire et d'un verre de schnaps. Et puis, le récital achevé, il y avait toujours quelqu'un pour le jeter dehors à coup de schlague ou de crosse.

Seltzer ne se rebellait plus. Il faisait mieux que se révolter. Mieux que se précipiter, gueule ouverte, vers sa propre fin. Il récoltait des confidences, les dernières volontés de ceux qui passaient par l'infirmerie.

Appliqué, méthodique, il notait dans un carnet ce que chacun tenait pour une urgence. Il y avait de tout : de l'argent à récupérer et à répartir, des messages à faire passer, des nouvelles à donner, des gens à rassurer, des enfants, des parents laissés là-bas, au pays, et dont il faudrait s'occuper.

Tous faisaient confiance au géant parce que tous le savaient immortel. Ceux qui l'approchaient en faisaient aussitôt leur messager d'outre-tombe. Seltzer les rassurait. Il ferait l'impossible. Il irait partout où on lui demanderait d'aller.

Et tous avaient quelque chose à régler, à réparer, à arranger.

La plupart avaient été raflés et embarqués sur-le-champ, arrachés aux leurs, aux amis, au pays, sans avoir eu le temps de prévenir, de se retourner, de faire signe.

Ils étaient arrivés dans la nuit noire, sous la trouée des projecteurs et le hurlement rauque des ordres. Ils avaient voyagé des jours et des jours en wagon plombé. Et durant cet aller sans retour, le nez collé aux interstices pour éviter la puanteur et l'étouffement, ils n'avaient cessé de penser à ceux qu'ils laissaient. A ceux qu'ils perdaient. A leur métier, à leurs affaires, à leur amour, au bonheur ; à toutes les choses qui font la vie, à toutes les rencontres, à tous les au revoir comme à tous les vœux qu'ils emportaient avec eux et qui ne seraient jamais exaucés !

On avait amené d'office le nouveau venu à l'infirmerie. C'était un Juif de la rue des Rosiers nommé Chaïm Rosenweig. Son convoi était arrivé tard dans la nuit. Tout de suite, à cause de la puanteur, on avait entraîné sa femme et les autres passagers du train vers les douches où prendrait fin ce dernier voyage.

Râblé, taille moyenne, visage intelligent, l'œil encore vif malgré soixante-huit heures d'un voyage effroyable, Chaïm avait été séparé du groupe et expédié vers l'infirmerie. Il avait été jugé suffisamment sain pour recevoir de mortels bacilles et résister le mieux possible à l'infection.

A Auschwitz, ni souris, ni lapins, ni hamsters, ni grands singes, mais des cobayes humains. Le fin du fin en matière d'expérimentations médico-scientifiques. On pouvait ainsi tester sur l'homme des bactéries et des germes de toutes sortes avec l'alibi d'en chercher la parade pour prémunir l'humanité d'un fléau comparable à la peste.

Rosenweig était à peine nettoyé et alité qu'on lui avait injecté dans les veines un virus particulièrement nocif au système respiratoire.

Dès qu'il se trouvait seul avec eux, Abraham Seltzer prévenait les cobayes. Ils n'étaient pas là par bonté d'âme, pas là pour guérir d'une maladie quelconque. Non, ils étaient là pour servir l'Allemagne et mourir au service de la science.

Quelquefois le cobaye se révoltait. Il arrachait ses tuyaux, ses pansements et se précipitait à l'extérieur où il était immédiatement abattu.

La plupart du temps, les cobayes qui ne souffraient pas trop prenaient leur mal en patience. Ils grignotaient des jours de vie et espéraient tenir jusqu'à leur libération. A ceux qui se tordaient de douleur, le géant donnait quelques calmants, davantage pour atténuer les hurlements que pour combattre la souffrance.

Très vite se noua une véritable complicité entre Abraham, l'infirmier, et Chaïm Rosenweig, l'ébéniste de la rue des Rosiers.

Né à Cracovie, Chaïm parlait polonais avec une pointe d'accent parisien. Devant les Allemands, il arrivait aux deux hommes de s'exprimer en français, une langue que possédait le géant et dans laquelle il était capable de réciter les vingt-cinq strophes du *Bateau ivre* en y mettant le cœur et l'accent.

Rimbaud et son *Bateau ivre,* Goethe et son *Faust* ne disaient pas grand-chose à Rosenweig. En dehors de quelques poètes yiddish, dont les comptines bercèrent son enfance, et d'un vers de Victor Hugo, entendu dans un café, « Caramba, le coup passa si près que son chapeau tomba ! », le tailleur n'était pas de taille à rivaliser sur les rimes. Et d'ailleurs Rosenweig ne se préoccupait que d'une seule chose.

Pour sa femme Sarah, il savait déjà. C'était affreux. Il n'attendait que de la rejoindre. Peut-être y aurait-il une autre vie, une espérance de résurrection après pareille extermination.

A vrai dire, depuis qu'on l'empoisonnait juste pour voir comment réagissait son organisme, il était irrémédiablement condamné.

Peu lui importait qu'il y eût une autre vie après la mort. Seul l'obsédait le devenir de ses jumeaux. De ceux-ci, il ne savait plus rien. Il avait eu de leurs nouvelles à Drancy. Ils allaient bien. Mme Zélasny les cachait et faisait de son mieux pour les nourrir.

Ces nouvelles ne lui suffisaient pas. Rien ne prouvait que les jumeaux étaient encore en vie. Il y avait eu d'autres rafles, d'autres appartements spoliés.

Depuis, Chaïm se rongeait les sangs. Et comment allait-on les nourrir, les élever ? Ne pourrait-il leur faire parvenir de l'argent ? Il possédait des liquidités à la banque : un peu d'or, les bijoux de sa mère dans un coffre. Des emprunts russes, des obligations faciles à revendre.

Comment assurer le bonheur des petits ?

Le mot bonheur lui donna envie de pleurer.

Comment les prévenir ? comment les suivre ? comment leur dire ?

D'ici quelques jours, il allait quitter le monde des vivants pour le monde des gazés et des incinérés. L'intolérable n'était pas de finir avec la vie d'une si mauvaise façon. L'intolérable, c'était d'en finir sans même pouvoir faire signe à ceux qu'on aime.

Le voyant dans tous ses états, un voisin de lit le héla :

— Je devine ce qui te tourmente. Tu devrais en parler au poète. Crois-moi, tu peux lui faire confiance. Il a la baraka, il va survivre !

Alors, un soir, respiration coupée, les poumons gonflés d'eau et de sang, Chaïm se confia à Seltzer.

Et Seltzer écouta Chaïm comme il avait écouté les autres. Et sur son carnet, il inscrivit le prénom des jumeaux et leur adresse. Il nota le nom de la banque et les valeurs à transmettre : six lingots d'or d'un kilo. Les bijoux de la grand-mère. Les emprunts russes, les actions et les obligations. On évalua également le prix de l'appartement. Et quand Chaïm, à bout de souffle, suggéra la remise d'une commission en échange de ses bons offices, le géant polonais posa sa grosse main sur les lèvres fiévreuses et le fit taire.

*

Abraham Seltzer survécut à la solution finale. Cent fois contaminé par ceux qu'il aidait à mourir, il fut cent fois sauvé par les diaboliques médecins du camp qui disposaient de vaccins pas toujours très fiables parce que trop récents pour juger des effets secondaires.

Il n'empêche que l'on avait aussi trafiqué la thyroïde du géant les premiers jours de son internement et qu'il avait attrapé la maladie du froid.

Quoiqu'il fasse, où qu'il soit, par moins 20 degrés ou par plus 40, en hiver ou en été, dans la rue comme chez lui, le gel inondait ses veines. Un froid marbré et lourd qui le faisait grelotter sous sa lourde pelisse noire.

Il ne retirait celle-ci que pour se glisser dans un lit aux nombreuses couettes superposées. Encore gardait-il, suprême coquetterie, ou trompe-la-mort, sa tenue rayée. Une manière de conjurer le sort et de se moquer de lui-même.

En réalité, le géant se plaisait dans ce genre de pyjama et il s'en était fait couper une douzaine dans un coton des plus moelleux.

Un vêtement qui surprenait, une maladie rarissime, une taille et une stature hors du commun faisaient de Seltzer un être d'exception.

Il n'y avait rien à redire et rien à lui reprocher. Peut-être trop d'engagements, de serments pour un seul homme. Trop d'énigmes éparpillées de par le monde. Trop d'absents, de disparus. Trop de fausses pistes et d'indices invérifiables. Trop de refus, de mauvaise volonté, de mémoires soudainement défaillantes.

Par deux fois, Abraham Seltzer s'était rendu rue des Rosiers. Par deux fois, il s'était enquis des jumeaux. Il avait écouté les Delestaing et mené des enquêtes. Il avait payé des avocats, des détectives, des documentalistes agréés par la communauté. Il s'était entretenu avec des responsables de l'Agence juive et avait remué ciel et terre auprès des institutions spécialisées dans la recherche des orphelins de la Shoah.

Un moment, il crut tenir une piste en la personne d'Anne-Marie Donin de Clavières. Il entreprit même un voyage à la bastide du Fortin.

La bâtisse était abandonnée. Des voisins peu bavards confirmèrent cependant que du vivant d'Anne-Marie Donin, celle-ci cachait des enfants juifs. On les lui amenait la nuit en carriole, ou dans des véhicules à gazogène.

Il sursauta. Tout ce qui touchait au gaz le dérangeait.

Difficile d'en apprendre davantage. Abraham mit un avocat niçois sur l'affaire. Il entreprit des investigations. Il faillit même localiser le réseau. En vain : il semblait que le personnel, des bénévoles, eussent été arrêtés et déportés.

Pas de fichiers. Pas le moindre papier faisant état du coup de filet. Restait-il des enfants à la bastide ce jour-là ? Etaient-ils tous déjà placés ?

Seltzer prélevait l'argent des Rosenweig avec parcimonie. Il gardait l'essentiel pour les petits. Les lingots, les bijoux, les obligations leur reviendraient un jour.

A vrai dire, Seltzer jouait un peu sur tous les avoirs. Quand il n'avait pas assez pour mener à bien telle ou telle mission onéreuse, il prenait chez les plus fortunés, ou encore prélevait sur ce qu'il appelait « son trésor du malheur », de l'argent perdu à tout jamais et qui aurait dormi de son dernier sommeil, comme ses propriétaires, si ceux-ci n'avaient enseigné au poète miraculé le moyen de se le procurer.

En Suisse, par exemple, où Seltzer faisait de fréquents voyages, il suffisait d'un numéro et d'un nom de code pour retirer les sommes nécessaires à ses interventions.

Scrupuleusement, il notait les retraits et les dépenses, ce qui l'obligeait à tenir un livre de comptes où voisinaient les chiffres et les enfants disparus. C'était son livre de comptes mais aussi son livre de contes, car il fallait se raconter bien des fables et y croire pour continuer ces illusoires explorations.

Pour une affaire élucidée, et pas forcément classée, une centaine restaient en attente, dont celle des jumeaux Rosenweig. En attente, avec pour certaines des indices, pour d'autres pas même un début de soupçon.

Livre de comptes et livre des morts. Rien à voir, bien sûr, avec ceux de l'Egypte antique ou ceux du Tibet de Milarepa. Ici, pas de Bardo-Thödol, pas de papyrus d'Ani ou d'Huneser. Pas de recettes, pas de hiérarchisation du ciel ni de rites magiques pour y accéder. Pas d'escalier de lumière ni de barque funéraire. Rien que des nombres alignés en colonnes et des noms suivis d'un point d'interrogation. Du point dépendait la vie ou la mort du nom. Et quand le point n'interrogeait plus la page du livre, le nom se rayait d'un seul coup.

Durant dix-sept ans, de sa sortie d'Auschwitz à son départ pour l'Australie, le géant polonais fit son devoir de mémoire et ne cessa d'œuvrer, respectant la parole donnée à quelque moribond qui s'en allait alors un peu soulagé.

On imagine Seltzer frissonnant dans sa longue pelisse noire courir l'Europe de ville en village. Et cette errance aurait sans doute continué jusqu'au dernier jour du géant si l'une des pistes qu'il suivait dans l'affaire Milena Klotzmann ne l'avait conduit jusqu'à Melbourne.

A quarante-sept ans, séduit par cette Milena, vingt-cinq ans, qu'il recherchait, elle aussi, sur les indications de sa mère morte à l'infirmerie, il s'envola sur-le-champ pour l'Australie.

Il devait rester quinze jours, il s'absenta une quarantaine d'années.

Orpheline à cinq ans, la gamine avait été recueillie par une famille de Français, les Champfleurons. Elle portait leur nom, partageait les jeux des enfants et l'affection des parents. Au fond d'elle-même, elle restait néanmoins la petite Klotzmann, une fille à part, une fille qui ne connaissait ni son vrai père ni sa vraie mère.

Un jour, comme cela, à la suite d'une colère de gosse, Bertrand, son frère aîné, un vrai Champfleurons, la traita de sale petite Juive.

Bertrand fut puni. Il recommença.

Quelques jours plus tard, au collège, on la traita de « sale youpine ».

Et la chose se répétant, Milena finit par s'enfuir sans rien dire. Pas un mot, pas un remords envers sa famille d'adoption.

Une longue fugue pleine de mystères et d'interdits.

Des années passèrent. Vint enfin le jour où Milena, une jolie jeune fille dont on avait perdu la trace

— et peut-être même le souvenir — put quitter la France pour un pays où les femmes manquaient singulièrement.

En effet, au début des années soixante, le gouvernement australien recrutait des volontaires blanches contre une prime conséquente et la promesse d'un mariage.

Minela s'inscrivit sous le nom de Klotzmann. Commença pour elle une nouvelle vie. Elle était enfin dans sa peau, dans sa tête.

Brune aux yeux verts, grande, élancée, elle ressemblait à Mina, sa mère. Encore que Seltzer ne connut de Mina que son fantôme, un être déjà brisé, pauvre squelette doué d'un courage surhumain d'où émanait malgré tout un charme troublant.

Le géant polonais promit à Mina comme il avait promis à Chaïm.

Il tint parole. Il chercha Milena comme il chercha les jumeaux. Avec méthode, avec espérance. Et pour finir, avec désespoir, à croire que la plupart des Klotzmann de Paris et même de France s'étaient donné le mot pour disparaître. Si les trois quarts étaient morts dans les camps, les survivants, eux, n'étaient pas faciles à joindre. Certains avaient modifié leur nom en Klotz, d'autres en Cloz, d'autres en Closet, d'autre encore en Clot. Ils avaient carrément supprimé le « mann » parce que « mann » ça faisait juif ou allemand.

Avec Milena la chose se compliquait d'autant plus que Klotzmann, le nom de famille des parents, ne figurait sur aucun registre d'adoption. Impossible, dès lors, de remonter jusqu'aux Champfleurons. Pourquoi pas jusqu'aux Dupont, jusqu'aux Dubois, jusqu'aux Durand...

Abraham Seltzer avait fini par tirer un trait sur Milena. Le carnet rouge comptait d'ailleurs autant de ratures que de croix. Mais que valent ratures et croix quand le destin se mêle tout à coup de ressusciter des disparus ?

En 1968, un correspondant australien travaillant pour l'Agence juive signala à Seltzer qu'une certaine Milena Klotzmann signait depuis peu des articles de société dans un quotidien réputé.

Seltzer écrivit aussitôt à la journaliste. Et quand il eut, par retour du courrier, la certitude que cette Milena était probablement la fille de Mina Klotzmann, il s'embarqua pour Melbourne, habité par un sentiment très fort. Quelque chose lui disait en effet qu'il ressentirait pour Milena ce qu'il avait ressenti pour sa mère. A cinquante ans, il se faisait fort de plaire et de charmer. Et plus encore. Il se sentait prêt à aimer. Prêt à sacrifier tous ses petits fantômes sans visage pour un seul et unique être.

*

Entre ciel et terre, volant au-dessus des nuages vers ce pays si lointain, Seltzer se disait qu'il avait trop donné à la mort et pas assez à l'amour. Il se disait que Milena l'attendait, qu'elle en rêvait. Qu'ils étaient faits l'un pour l'autre. Il s'en persuadait. N'était-ce pas en définitive la dernière volonté de Mina, cette divine artiste, la mère, qu'il soulagea d'une dose de cyanure ? Elle ne pesait pas plus de trente-cinq kilos. D'elle, de sa présence, de son talent, de son charme, il ne restait qu'un long sac d'os décousu et déchiré d'où suintaient d'horribles pustules.

Entre ciel et terre, parmi les voyageurs, des hommes d'affaires, des émigrés, Seltzer se battait contre le froid. Rien à faire pour se réchauffer. C'était toute sa carcasse qui tremblait. Tout son corps, secoué, qui entrait brusquement dans une zone de turbulences.

La crise arrivait en traître et le mettait dans tous ses états.

Jusqu'alors, il n'avait pas jugé urgent de faire soigner cette désastreuse hypothyroïdie.

A Auschwitz, on avait injecté dans sa gorge des tas de saloperies et détruit en partie son système immunitaire.

Retour du camp, il alla consulter et accepta quelques remèdes. Il les abandonna bientôt parce que trop contraignants. Il avait mieux à faire que de s'apitoyer sur son sort. On verrait par la suite.

Vingt ans plus tard, dans ce vol Londres-Melbourne où il se préoccupait enfin de lui-même, il était disposé à traiter son déficit en hormones thyroïdiennes, quitte à séjourner dans une clinique le temps qu'il faudrait pour guérir définitivement de ce handicap.

Le visage de Milena qui se profilait dans les nuages, derrière le hublot teinté, y était pour beaucoup. Dans la correspondance échangée, elle s'était montrée sensible et généreuse. Impatiente de recevoir celui qui avait connu ses parents.

Il avait joué sur les mots et demandé : « Me recevoir ou me voir ? Me regarder ou me garder ? » Et il avait ajouté : « Attendez-vous plutôt à recevoir un choc. Je suis ce qu'on appelle une force de la nature. Je pèse 130 kilos. Je mesure 2 mètres 05. J'ai un cœur gros comme ça et des bras qui ne demandent qu'à se refermer sur l'être aimé ! »

Elle avait répondu, laissant entendre que les Australiens n'avaient pas encore réussi à la marier au grand dam de ses recruteurs.

La suite était moins engageante. Ne confiait-elle pas : « Je pense avoir davantage besoin d'un père que d'un mari ! »

Il ne pouvait laisser passer une telle remarque sans réagir : « Je vous apporte des informations sur ceux des vôtres qui ne sont plus. Ils vous ont légué, à travers ma personne, une petite fortune que j'ai gérée au mieux à votre intention. En cela, je n'ai fait que remplir mon devoir envers eux, mais le devoir s'arrête là ou se termine ma mission. Je vous ai retrouvée. Vous ne me devez ni reconnaissance, ni remerciements. Je vous ai aimée sans vous connaître, comme j'ai aimé tous les autres enfants dont je me suis occupé. J'ai tremblé pour eux et espéré en la vie. Cette fois, la vie m'a récompensé. Mais de grâce, ne comptez pas sur moi pour jouer les papas et les mamans auprès d'une fille éplorée. Pensez plutôt, jolie jeune fille sage, que malgré ma réputation — j'ai eu la chance d'échapper à la solution finale — je suis davantage croque-chair que croque-mort. »

Elle écrivit avoir beaucoup ri de cette formule et beaucoup appris sur lui-même. De leur prochaine rencontre, elle attendait autant de joie que de larmes. Autant d'émotions que d'imprévus.

Cette lettre qu'il lisait, prometteuse, encouragea le géant à parler de sa maladie. Il se découvrit alors — faillit en frissonner de plus belle — et décrivit sa silhouette massive drapée d'une longue pelisse noire : « A voir ainsi, j'impressionne. Mais, attention ! quand j'ôte mon manteau je fais peur ! »

« Pourquoi faites-vous peur ? » interrogea-t-elle. « Etes-vous difforme ? Ou êtes-vous tout nu sous votre manteau ? »

Il répondit à la question : « J'ai gardé mon pyjama de déporté. Préférez-vous les chemises de nuit ? Ma maladie fait de moi un iceberg. Je n'ai encore jamais fondu auprès de quelqu'un. Même le soleil n'y parvient pas. »

Une dernière lettre le rassura. C'était tendre et direct : « Je ne risque rien, j'ai déjà les pieds glacés. Et puis, je saurai vous soigner de cette vilaine maladie des banquises. »

Entre Seltzer et Milena ce fut le choc, le coup de foudre. Et puis, très vite, arrivèrent ce qui va avec la foudre : des éclairs, des tonnerres, des colères, des tornades.

C'était un couple en pleine tourmente. Il prenait l'eau, il coulait. Et malgré tout, chaque fois, il émergeait à nouveau du trou comme si l'un et l'autre trouvaient leur vérité au plus profond du déchirement.

Bien des choses les opposaient et bien d'autres les attiraient. Milena admirait l'homme, pas l'amant. L'homme la dominait et l'intimidait. L'amant ne la satisfaisait pas.

Jeune fille moderne, elle avait l'habitude de dormir nue. Elle aimait se lover contre l'autre corps, le boire par les pores, se scotcher à lui.

Emmitouflé dans des pyjamas de Gore-Tex, gardant chaussettes de laine et foulard, le géant polonais ne découvrait de lui-même que l'essentiel. Aussi glacé que le reste, le sexe se réchauffait dans l'action et se gorgeait de chaleur intime.

Seltzer compensait par l'intellect. Là, il avait le dessus sur elle. Il était brillant, émouvant, surprenant. Il savait aussi faire rire et rattrapait ainsi les défaites de leurs nuits.

En réalité, le couple s'entendait mieux tout habillé qu'à moitié dénudé. Les sorties se passaient plutôt bien. Concerts, cinéma, théâtre, restaurants évitaient la gêne du tête-à-tête.

Dehors, elle s'efforçait de donner le change. C'était tout un spectacle. Certes, les habits choquaient, mais l'homme au bras duquel elle était faisait impression. Il paraissait vigoureux, sûr de lui, indestructible. On ne devinait sa maladie qu'à travers son accoutrement.

Peu à peu, Milena parvint à lui faire ôter sa tenue de déporté. En Australie, elle dénotait. Elle lui acheta des pantalons en laine de kangourou. Des pulls en cachemire. Elle lui offrit même, pour sa gorge, un shatoosh en duvet d'antilope des neiges importé clandestinement d'Inde.

Le shatoosh, une pièce rare, faisait six mètres de long. Une fois, il se déshabilla complètement et s'en drapa. Elle vint contre lui et ils firent l'amour debout, peau contre étoffe. A vrai dire, celle-ci était bien plus suave, bien plus caressante qu'un épiderme. Il en résulta du plaisir. De ce jour, l'antilope des neiges fut de bien des parties. Ils en riaient et s'en disputaient. C'est que le géant voulait être aimé pour lui-même et rien que pour lui-même.

Il essaya alors de s'accoupler, debout, entièrement dévêtu. Le pauvre faisait des efforts désespérés pour ne pas grelotter. Quand elle vint se coller à lui, elle ne put se retenir de crier. Elle avait été, expliqua-t-elle, brûlée par le froid.

Il s'ensuivit des vexations, des mots durs, des phrases jetées en pleine figure pour faire mal. On ne savait exactement d'où sortaient ces mots et s'ils étaient restés longtemps à l'intérieur de soi dans l'attente d'être libérés et de sauter à la gorge comme des molosses. C'étaient des mots pour tuer ou pour annihiler l'autre. Des mots sur lesquels personne ne reviendrait jamais tellement ils étaient soudains et imprévisibles. Leur férocité dévorait cœur et tête. Ils rendaient fou et malheureux à mourir.

Cependant, là encore, le couple qui était tombé si bas dans l'abjection et la haine réussit à se rétablir.

Il y eut d'autres mots pour excuser les mots. Des explications, des excuses, des pardons, des promesses, des serments.

Et de cette convalescence du couple, si profondément mordu par ces premiers mots qui restaient suspendus en eux comme des loups enragés, vint la décision de soigner Abraham.

On chercha, on consulta les meilleurs professeurs. Pas facile. Il fallut faire des tests et dépister les germes inoculés à Auschwitz. Avait-on manipulé directement la thyroïde ?

Le géant ne s'en souvenait pas. On avait travaillé sur lui d'un peu partout, jusqu'au moment où il s'était mis à déclamer les malheurs du jeune Werther.

On avait alors donné l'ordre de le sauver. Et on l'avait sauvé effectivement à coup d'antidotes et de contrepoisons.

Milena l'accompagnait. Elle faisait montre de tendresse et d'amitié. Il aurait souhaité l'amour. Mais l'amour était minimisé par l'admiration qu'elle lui portait. On verrait plus tard ! Elle pensait à Mina, sa mère. A Itzak, son père.

Seltzer les avait vus mourir tous les deux. Il en parlait peu. Il répondait sobrement à ses questions.

Elle se doutait qu'il avait aimé sa mère. L'avait-il embrassée ? protégée ? Et ses doigts ? Comment étaient ses doigts : enflés, cassés, décharnés, comme des concombres ? Avait-elle joué pour les officiers ?

Il raconta Chopin, les préludes. L'épuisement, les doigts gourds, les fausses notes.

Huée, elle s'était affaissée sur le piano. Dès lors on la déclara bonne pour l'infirmerie.

Une sommité en endocrinologie prévint Seltzer :

— Je peux vous soigner mais je ne garantis pas le résultat.

— Ça sera long ? demanda l'intéressé.

— Pas forcément. Le danger n'est pas là !

— Il y a donc danger à se faire soigner ? ironisa le géant en jetant un clin d'œil à Minela.

Le professeur ne releva pas et dit :

— Comprenez-moi, monsieur. Le traitement ne comporte aucun risque. Il s'agit d'autre chose.

Quelque peu impressionné par son client, il reprit :

— Tout ce qui touche aux hormones thyroïdiennes agit sur l'humeur et le caractère.

— C'est-à-dire ?

— C'est-à-dire que vous allez changer de comportement, que votre vie, vos intérêts, vos aspirations pour telle ou telle chose pourront s'en trouver modifiés.

Le géant prit Minela à témoin et s'exclama :

— Eh bien, tant mieux. Faites-moi entrer dans le monde des vivants ! Chassez la mort de ma vue ! Extirpez-la à jamais de ma mémoire ! Enfin, faites que cette jeune femme qui me traîne aujourd'hui devant vous m'aime enfin pour moi-même !

Il partit d'un éclat de rire à en faire trembler les vitres, puis ajouta en tonnant :

— Eh bien, réchauffez-moi, mon vieux ! Mettez donc le feu à mes veines ! Réchauffez ! Réchauffez, par pitié !

Milena se détourna un bref instant. Elle secoua la tête, rentra les épaules. Peut-être pleurait-elle. Peut-être riait-elle.

Quelques jours plus tard Seltzer revint à la clinique. Pour tout bagage, il amenait des pyjamas de rechange, sa grosse pelisse, des chaussures fourrées, une photo de Milena sous cadre et tout un tas de petits carnets défraîchis. S'ajoutait un grand sac de cuir contenant des documents, des dossiers, des paquets de lettres. Les unes étaient classées. Les autres pas encore ouvertes.

Le géant pensait s'installer à la clinique pour deux semaines. Il resta sept mois. Il passa tour à tour de sa chambre à l'unité de soins intensifs.

Le traitement aux extraits thyroïdiens stimulait anormalement la fonction cardiaque. On avait beau réduire les doses, prendre toutes les précautions possibles, Seltzer tombait invariablement dans le malaise ou le coma.

Milena venait le voir chaque jour. Elle passait des

heures à son chevet. Tantôt elle s'entretenait avec lui du temps présent, de projets communs. Tantôt elle scrutait, inquiète, le visage figé de son compagnon. Sous les sourcils broussailleux, les larges paupières restaient fermées.

Déformé par les tuyaux, narines pincées, le nez perdait de sa majesté au profit d'un puissant menton qu'accentuait encore un cou de taureau.

Elle le trouvait beau. Singulier mais beau. Elle espérait sincèrement l'aimer, faire sa vie avec lui.

Pour le moment, elle était partagée entre ce sentiment filial dont elle ne parvenait pas à se défaire et une certaine répulsion physique. Le côté bloc de marbre l'avait drôlement réfrigérée. Elle ne s'y était pas habituée.

Elle espérait beaucoup de son rétablissement. Un jour, il avait évoqué devant elle ses années d'avant-guerre. Il se disait chaud et puissant, collectionneur de maîtresses et d'aventures pittoresques.

Elle voulait bien le croire.

A le voir, comme cela, immobile, figé, entre la vie et la mort, il avait quelque chose d'irrésistible. Elle lui en voulait. Il n'aurait pas dû jouer sur l'émotion. Il avait eu tort de la toucher. Elle parlait au propre comme au figuré.

Elle se souvenait de la scène. Les mots étaient sortis. Elle lui avait tout dit, même des choses qu'elle ne pensait pas.

Elle était plus forte que lui dans l'art de la dispute. Plus habile et rancunière.

Il avait demandé pardon. C'était une pitié !

Maintenant, elle regrettait...

Chaque fois qu'elle venait, elle s'asseyait à ses côtés avec un livre ou des magazines. S'il ouvrait l'œil, elle lui parlait. Il ne comprenait pas toujours. Quelquefois il se trompait. Il l'appelait Mina. D'autres fois il récitait du Goethe et se battait avec Méphistophélès.

Pendant les crises, elle le touchait. Elle prenait sa main glacée et la gardait dans la sienne. Elle essayait de la tenir le plus longtemps possible. Elle faisait des vœux, des paris. Elle se disait que ça n'était pas pire que de vivre au pôle Nord.

Et puis, un jour, comme cela, sans s'y attendre, sans y penser, la main qu'elle prit dans la sienne n'était plus de marbre.

Elle ne réalisa pas tout de suite. Ce fut une question de secondes. Alors elle poussa un cri. Des infirmières accoururent.

Dérangé par cette subite effervescence, le géant se réveilla d'un long sommeil.

Il avait gagné sur le méchant médecin nazi. On lui avait refait une thyroïde, un cœur tout neuf, une circulation acceptable.

C'était formidable, mais ça n'était plus le même homme. On voyait un Seltzer heureux. Un être dépouillé de son lourd fardeau. Les carnets, les documents, les lettres, tout ce qui avait trait aux choses du camp, toute cette détresse mise en fiches, tout ce travail d'archives et de recherche lui paraissaient maintenant superflus. C'était à Dieu de s'en occuper. Plus à lui. De toute façon, Dieu s'en fichait. Il avait laissé faire et n'éprouvait pas le moindre remords. A chacun son dieu, à chacun son monstre. Dieu n'est utile qu'à celui qui agit en son nom. Dieu se donne en gage. Il se loue au plus offrant, au plus fort.

De retour à la maison, Seltzer n'était même pas sûr d'aimer Milena. C'est qu'elle faisait partie du passé. Il avait traversé les nuits, les brouillards pour la rencontrer. Voilà ! C'était fait. A quoi bon rester ensemble ? Il ne se sentait plus capable d'assumer et le lui dit.

Elle tomba des nues. Elle s'accrocha :

— Tu es sous le coup d'un choc psychologique. Les médicaments te déstabilisent, calme-toi. Laisse faire le temps.

Il répliqua :

— Tu m'as traîné dans cette clinique. J'ai failli y laisser ma peau. Et j'y ai peut-être laissé mon âme. C'est ce que tu veux dire, n'est-ce pas ?

— Ton âme ! Sûrement pas ! Tu es bon, tu es généreux, tu es charitable !

— Pourquoi pas magnanime et chevaleresque, pendant que tu y es ?

— Chevaleresque tu es. Héroïque également. C'est pourquoi je te demande un peu de patience. Ne casse pas tout. Regarde-moi autrement qu'en victime du nazisme. Imagine plutôt que tu viens de me rencontrer. Je t'en prie, oublie le reste, séduis-moi !

Pour gagner, elle s'inventa une seconde personnalité. Elle prit l'allure et le sourire d'une autre. C'était une fille de vingt-cinq ans, une fille de magazines aux seins joliment soulignés. Une longue créature souple au corps élancé : les hanches fines, les épaules sculpturales.

Elle dévorait la presse féminine, entretenait sa beauté, sa forme.

En contrepoint, curieusement disponible, elle cultivait la solitude. Peut-être attendait-elle le grand jour.

A présent, visage épanoui, lèvres entrouvertes, cheveux dénoués, elle jouait les vamps, les salopes. Tout le contraire de ce qu'elle était. Il fallait le snober, le choquer.

Un soir, elle vint contre lui. Elle ouvrit la veste du pyjama et laissa aller ses mains le long du torse. Il était chaud et velu et d'une douceur insoupçonnée.

Féline, un rien chienne, elle baissa le pantalon à rayures. Et comme Abraham restait maladroit, empêtré dans ses jambes et dans ses contradictions, elle le lui arracha soudainement.

L'étoffe émit un crissement de plaisir.

Elle se mit à genoux.

Il raidit dans sa bouche. Elle leva les yeux pour voir les siens.

Elle n'y parvint pas. Il la dépassait de toute sa stature. Il avait la tête dans les étoiles.

*

Seltzer changeait. Mieux, il se métamorphosait. De chenille, il devenait papillon. C'est que le bourru, le renfermé folâtrait et marivaudait. Il fréquentait les cercles, les casinos, les champs de course, les boîtes. On le voyait partout où il fallait être vu. Partout où l'existence paraissait facile et superficielle. Partout où la vie avait le goût de la vie.

En un rien de temps, à la suite du traitement, il avait basculé d'un monde à l'autre. Il s'était mis à faire du sport, à voyager. Il charmait. Il faisait des ravages.

L'homme sévère, le puritain d'hier flirtait maintenant avec la débauche. Il avait soif de chair, affamé de plaisir, il se désolait de ne pouvoir coucher avec la terre entière.

A plus de cinquante ans, il s'apercevait que toute femme est un personnage unique et qu'elle mérite une attention particulière.

— Les femmes, disait-il à Milena, c'est comme les empreintes digitales. Aucune ne se ressemble. On croit les posséder, les connaître parce qu'on les a fait gémir mais, en réalité, on n'identifie personne avec son sexe.

Elle l'approuvait. Elle se trahissait :

— Le sexe, c'est nul. Tout commence avec le charme, avec le regard. Le sexe n'est qu'un troisième élément rajouté. Ça ne marche que si tu additionnes le tout.

— Et si tu ne l'additionnes pas ?

— Eh bien, ça reste platonique.

— D'accord, mais c'est frustrant !

Il lui fit une révélation :

— Tu sais, bien avant de te rencontrer, il m'arrivait de sentir qu'entre une fille et moi, la chose était possible. Eh bien, tu ne me croiras peut-être pas, mais ça me suffisait.

— Tu restais sur ta faim ?

— Même pas. C'était comme si j'avais déjà mangé.

Elle dit :

— C'était mieux comme ça, parce que de toute façon, avec ta maladie des banquises, c'était voué à l'échec.

Il n'apprécia pas.

Elle lui envoya un beau sourire et demanda :

— Et avec moi, ça serait comment ?

Elle attendait sa réponse. Comme celle-ci tardait à venir, elle insista.

Il dit :

— Dois-je être sincère ou dois-je tricher ?

Elle comprit. Elle se dit qu'en dehors de quelques rares festins, elle lui servait toujours le même menu.

Alors elle chargea. Elle fonça tête baissée avec les mots. Elle dit des choses terribles. Elle le trouvait nul. Il baisait comme un beauf. Il ne lui procurait même pas l'orgasme.

Le don Juan encaissa. Il évita de justesse la crise cardiaque. Il ne savait plus très bien qui le lâchait. Etait-ce ses jambes ? était-ce sa femme ?

Il s'accrocha, remonta la pente.

Encore des mots qui blessent, des mots qui tuent. Des mots qui sortent des tripes et transitent par la tête. Des mots à réduire l'autre à moins que rien. Des mot de haine absolue où tout ce que l'on a vécu d'heureux auparavant est aussitôt éradiqué et vous retombe dessus comme une pluie d'excréments.

On est au bout du bout. Et on le touche. Derrière, on ne voit plus rien.

Alors il faut continuer jusqu'à jeter l'autre à terre et lui faire mordre la poussière de sa propre médiocrité.

Ils étaient comme cela. Toujours à s'aimer et à se détester. Toujours à se flatter et à se détériorer. Toujours à se jurer leur amour et toujours à le parjurer.

Les extraits thyroïdiens n'avaient rien arrangé. Au contraire, ils avaient amplifié le phénomène. C'était harassant. C'était grisant. Harassant de se combattre. Grisant de se réconcilier.

L'oreiller témoignait de ce renouveau. Ils restaient

des heures, des nuits enlacés à s'émerveiller de leur pardon respectif. Pour finir, ils admettaient vivre une passion. Ils se croyaient éternels.

C'était comme cela. Depuis qu'on l'avait guéri de cette hypothyroïdie glaçante, Seltzer s'était mis à aimer la vie pour la vie et à en jouir par tous les bouts. Tout dans cette vie lui plaisait. Tout, sauf les catastrophes naturelles et les massacres ethniques. La simple idée de la mort. Le mot même le mettait dans tous ses états. Il restait prostré dans son coin. Refusait de lire les journaux, d'écouter les nouvelles.

Le changement était intervenu graduellement grâce aux médicaments. Maintenant il était comme le prince Gautama. Il s'entourait de belles choses, imaginait un monde harmonieux où les jours coulaient paisibles pour le plus grand bonheur du peuple.

A l'inverse du prince Gautama qui n'était pas encore sorti de son palais, le géant avait vécu un enfer abominable. Et de cet enfer il ne voulait plus rien savoir.

L'unité de soins intensifs où on l'avait gardé durant son coma fut son purgatoire. Il en était sorti purifié, détaché à jamais des souffrances humaines.

Le prince Gautama avait pris le chemin inverse. Sortant un jour du palais où s'entassaient mille beautés et merveilles, il découvrit au fur et à mesure de son avancée dans la cité que celle-ci était peuplée de miséreux et d'estropiés.

Désespéré, le prince se mêla au peuple et partagea ses malheurs.

Pour Seltzer, il s'agissait du contraire. Il avait partagé le cauchemar des miséreux, vécu les pires atrocités, découvert la bête immonde cachée au tréfonds des hommes.

« Plus jamais cela » était devenu « ne plus parler de ça ». « Ne plus voir ça. » « Rester sourd et aveugle. » « Se jeter à corps perdu dans ce que le monde offre de meilleur : le luxe, les voyages, et même la luxure. »

Milena l'avait suivi autour de la Terre.

Il l'avait traversée en avion, en bateau. Ils avaient visité des pays sans histoire. Opté pour des itinéraires confirmés et réputés. On évita les sous-continents, le tiers-monde, le Moyen-Orient. En Chine, on n'alla pas chez les barbares. On resta chez les Han. En Inde, on visita le Radhjastan et le Karala. On évita Calcutta et ses mouroirs. Au Népal, on ne dépassa pas le Teraï, avec en prime un tour d'hélicoptère en pays sherpa. Au Brésil, on remonta tranquillement l'Amazone de Belém à Manaos sur un bateau sécurisé. Au Chili, en Argentine, on resta quelques jours à Mar del Plata, à Valparaiso. On vit un bout de pampa et de Patagonie.

En France, ça ne se passa pas très bien. Les grèves, les manifestations, les syndicalistes irritèrent le géant. On laissa de côté Vichy. On se désintéressa de la rue de Rosiers et des jumeaux Rosenweig.

Milena fit de même. Elle dédaigna les Champfleurons et ses anciens amis.

On voyageait dans le présent, pour l'instant présent. C'était comme cela ! Il existait maintenant un autre Seltzer, un homme à la mémoire sélective mais pas amnésique.

Il vivait grand train, dépensant sans compter. Jouissait-il d'une fortune personnelle ? Se servait-il dans les comptes numérotés dont il possédait les codes ? Difficile à dire. Il avait des compensations et des avantages un peu partout. Chez Chaumet, Cartier, Tiffany, Vuitton, il était *persona grata.* La même chose chez les grands couturiers.

Milena en profitait. Chaque dispute était suivie d'un cadeau. Bijoux, parures, robes de soirée s'entassaient dans les malles.

On voyagea vingt ans durant. Certes il y eut des coupures de-ci, de-là, des retours en Australie, des escales à New York où Seltzer rencontrait quelques mystérieux parents.

D'année en année, la différence d'âge se creusait. L'écart n'était que de vingt-quatre ans. Une génération, pas plus. Vint pourtant le jour où Milena s'aperçut que le couple n'était plus coordonné. En vérité, cette génération qui les séparait se multipliait d'un seul coup. A vingt-cinq ans, on peut dîner au restaurant avec un homme de quarante-neuf et l'embrasser à pleine bouche au dessert. Ça ne choque personne. A cinquante ans et quand on en paraît dix de moins, comme Milena, il semble inconvenant d'embrasser au dessert, à pleine bouche, un homme de soixante-quatorze ans.

Ils étaient comme ça. Ils se disputaient, ils se tuaient.

Une fois rétablis, ils se tenaient tendrement par la main et unissaient leurs lèvres. C'était une manière d'être, une sorte de respiration amoureuse et obligatoire qu'ils s'octroyaient n'importe où et devant n'importe qui. Quelquefois, il reculait et évitait le baiser. Quelquefois, elle tardait ou retardait les effusions. Ils appelaient cela une « pression sociale ». La plupart du temps la pression sociale n'était qu'une vue de l'esprit, une gêne pudique.

Maintenant, à son âge, et malgré sa bonne présentation physique, la pression sociale devenait évidente.

Il se rattrapait au lit, dans l'intimité de leur chambre. Mais se rattrapait-il vraiment ? Elle avait fréquemment mal à la tête, au cœur, à l'estomac. Ses règles commençaient plus tôt que d'ordinaire et se terminaient plus tard.

Poussait-elle de vrais gémissements ? Etait-ce des couinements de plaisir ou simulait-elle ce plaisir pour avoir la paix ?

Comme il doutait de son réel désir, il la mettait à l'épreuve en exigeant sa bouche. C'était plus délicat. Ça dépendait de la phase finale. Ou bien elle acceptait qu'il vienne en elle. Ou bien elle refusait.

Un soir, Milena prit Abraham Seltzer dans ses bras. Ça n'était pas une mince affaire que d'enlacer ce diable de géant.

Elle ne voyait pas d'autre moyen de lui faire comprendre qu'elle n'éprouvait plus que de la tendresse.

Il s'y attendait.

Elle parla calmement, au plus près de la vérité.

Il l'écouta et ne la disputa pas.

Les mots guerriers, les mots frondeurs, les mots commando, les mots assassins n'étaient plus de mise.

L'un et l'autre, surpris par cet armistice des mots, finirent par convenir qu'ils étaient arrivés à la fin de leur amour. Mieux valait se quitter sur ce constat que de rester ensemble pour constater les dégâts jour après jour.

Le géant partit dans la nuit.

Affolée, elle tenta de le retenir :

— Où vas-tu ? Attends, rien ne presse !

Il la rassura :

— Laisse-moi, je reviendrai chercher mes affaires.

Elle demanda :

— Tu ne vas pas faire une bêtise, au moins ?

Par bêtise, elle entendait suicide.

Il dit :

— Tranquillise-toi. Je vais finir la nuit chez des amies.

Il en connaissait tellement qu'elle ne demanda pas chez laquelle il allait.

N'empêche, elle ressentit un pincement au cœur. Comment pouvait-il passer aussi vite d'un lit à l'autre ?

Il s'installa dans son coupé Mercedes et prit la route. C'était la plus longue route du monde. Elle allait de Melbourne à Alice Springs en passant par Adélaïde. Et au-delà d'Alice Springs, la route continuait sur Darwin en traversant le territoire du Nord.

Une fois rendu à Alice Springs, le géant laissa le coupé Mercedes dans un garage et loua un truck Chevrolet. C'était une camionnette à la plate-forme bâchée. Il acheta des provisions, une carabine, et roula en direction du désert de Gibson.

La piste était sablonneuse. Le paysage parsemé d'une maigre végétation.

Il s'arrêtait pour manger et dormir.

Reposé, il repartait. Il croisa un convoi de 4 × 4, des botanistes ou des géologues. Il aperçut les chameaux qui blatéraient furieusement, des autruches aux yeux de folles.

Et puis, un jour, il s'arrêta. Il était arrivé quelque part. L'endroit lui convenait. C'était bon pour la réflexion. Il pensa méditation et chassa le mot. Il n'en était pas encore là.

Il s'installa contre un arbre au tronc et aux branches calcinés. Foudroyé, celui-ci tenait encore son rôle de phare. On le voyait de partout à la ronde. C'était une espèce unique, une sorte de baobab pétrifié où se rassemblaient des aventuriers et des vagabonds.

Non loin de l'arbre vivait une famille aborigène. Ils avaient beaucoup d'enfants.

Les premiers temps, ils causèrent. Et quand ils s'aperçurent que l'étranger ne répondait plus à leurs questions, ils cessèrent de lui en poser. Ils restaient simplement là, eux aussi, tels des arbres foudroyés, à écouter la respiration saccadée du vieux monsieur qui s'épuisait à réciter des poésies.

Nul n'est capable de dire combien de mois s'écoulèrent entre l'arrivée de l'étranger et son départ de l'arbre. Peut-être des mois ? Peut-être un an ou deux ? Ou seulement quelques semaines ?

En revanche, les enfants aborigènes qui jouaient autour de l'arbre avaient remarqué une modification notable de l'état de santé du géant. Il était grand comme deux fois et demi leur père. Gros comme trois fois leur mère. Grand et gros comme sept ou huit fois l'un d'entre eux. Il était grand, gros et vieux, colossal et impressionnant. Et pourtant, avec le printemps qui s'éloignait et avec la chaleur de l'été qui s'installait, torride, sèche, implacable, le vieux paraissait souffrir du froid. Jour après jour, il serrait un peu plus le col de sa veste contre sa gorge et recroquevillait un peu plus ses jambes immenses contre son ventre.

Bientôt, il alla chercher la bâche qui couvrait le truck et s'en drapa. On aurait dit un fantôme vert. Associé à l'arbre, enraciné avec lui, il faisait peur. Les rares personnes qui s'arrêtaient à l'arbre, comme on s'arrête à une station-service ou devant un panorama, ne s'y attardaient plus comme autrefois.

Quand l'été prit fin, grelottant, fiévreux, Seltzer monta dans sa camionnette et reprit la route de Melbourne. Un long et pénible voyage.

Parvenu à Alice Springs, il regarda avec effarement le coupé Mercedes qu'il avait laissé en garantie contre le truck, et préféra continuer avec la Chevrolet. Le garagiste se dit que l'homme était devenu fou. Et l'homme, lui, pensait exactement le contraire. Il se disait qu'en abandonnant les médicaments, il était enfin redevenu lui-même : un iceberg au cœur chaud. Un messager d'outre-tombe. Peu importait son âge. Tant pis pour le temps perdu. Il allait reprendre sa mission, renouer avec ses promesses, persévérer dans ses recherches.

Et tandis qu'il conduisait, pieds et mains gelés, défilaient comme des ombres sur le bas-côté de la route ceux qu'il avait aidés à Auschwitz : Chaïm, Benjamin, Jacky, Schlomo, David, Marek, Nathan, Maurice, Jacob.

Et puis, vinrent les femmes : Sarah, Raymonde, Gladys, Ida, Rachel, Dobra. Et bien sûr, Mina. Mina l'artiste, Mina la pianiste. Mina qu'il avait aimée à travers Milena.

D'autres encore vinrent grossir le cortège. Tout un troupeau de morts qu'il saluait au passage, s'excusant de les avoir lâchés :

— Salut ! Salut mes frères ! Je reviens. Je continue ma course-poursuite. J'ai rattrapé mon fantôme. Et je lui ai fait la peau ! Salut ! Salut mes frères, à tout de suite ! A vous revoir ! A vous servir...

Milena le laissa partir. Il l'appelait Mina. Il délirait. Il disait qu'elle avait des doigts en concombres. Qu'elle n'aurait jamais dû les exposer, nus, comme cela, aux morsures de l'hiver parce que ses doigts, c'était son trésor. Il l'engueulait de ne pas avoir montré ses mains aux officiers. Peut-être auraient-ils admis qu'on ne peut jouer du Chopin avec des betteraves en guise de mains.

Elle l'aida à faire ses malles. Il la gronda et refusa de prendre l'impressionnante garde-robe qu'elle lui avait achetée. Il n'emmenait que ses carnets, ses notes, la documentation. Tout un travail laissé en plan depuis des décennies. Et dont chaque affaire, avec ses particularités et ses détails, lui revenait maintenant à l'esprit...

Chapitre VIII

La « Chaïm » commençait à s'épanouir. Le jeune rosier, un métissage *d'Alba semi-plena* et *d'Alba maxima,* n'offrait encore que trois fleurs d'un blanc immaculé. Pour l'année prochaine, il promettait.

Et dans la serre de Provins, non loin de la « Chaïm », éclosait tout juste la « Yéhiel », une *Centifolia muscosa* croisée de *Floribonda*, un hybride de Thé aux impressionnantes corolles.

Toutes les fleurs apparaissaient en même temps, mais pas forcément dans l'ordre de la lecture. Ainsi, voisinaient la Goldenberg avec la Priscius, la Rebecca avec la Jonathas. Venaient encore la Montaldo avec la Galigaï, les Rouge Sang, les Soleil levant, les Nuages parfumés, les Mr Lincoln, les Rosés de Rescht, la Portland, mariée à des Damas et à des Mousseux. Le tout, d'un pourpre saisissant, rendait hommage aux victimes anonymes de la rue des Rosiers. Il y avait la Sitruk, dédiée aux sept membres de la même famille raflée au numéro 27. La Malamout, dédiée aux cinq enfants Malamout du numéro 37. La Zlotnik, dédiée à Anna, à Charles, à Frymeta, à Lejser, raflés au numéro 2.

Pour l'heure, Noam travaillait sur le numéro 4 de la rue des Rosiers, siège de l'Ugif. Là, il manquait vingt et un gosses à l'appel. Il s'agissait d'un gros chagrin, d'une énorme activité de mémoire.

Noam voulait s'en faire une idée précise, aussi avait-il demandé à Charme d'enquêter plus à fond sur ces écoliers et apprentis.

Et Charme se remit à consulter les archives. Elle pensait obtenir des témoignages de survivants. Elle n'en trouva aucun. Pis ces enfants abrités par l'Ugif (Union générale des Israélites de France), une organisation créée sous l'impulsion du haut-commissariat aux Affaires juives, avaient déjà vu leurs parents partir pour les camps.

L'Ugif, qui menait forcément un double jeu entre l'occupant et les organisations sionistes clandestines, recueillait les orphelins et venait en aide aux Juifs démunis qui se cachaient ou vivaient sous de fausses identités.

Vaille que vaille, en équilibre sur la corde raide entre légalité et illégalité, l'Ugif contentait les uns et mécontentait les autres. N'avait-elle pas été contactée par Vichy pour recenser la totalité des Juifs de France (nationaux et étrangers), un travail que les Allemands ne se sentaient pas capables de mener à bien. Mieux valait laisser faire ce sale boulot aux Juifs eux-mêmes.

Composée des divers mouvements et tendances de la communauté juive, l'Ugif était évidemment le partenaire idéal pour exécuter cette triste prospection. En revanche, l'OSE (Organisation de secours pour l'enfance) rechignait à placer des enfants dans les locaux de l'Ugif, et déconseillait la fréquentation des foyers. Il faut dire qu'en juillet 1943 les Allemands, qui entendaient obtenir l'arrestation de familles entières, ordonnaient à l'Ugif de faire pression sur les personnes non encore raflées afin qu'elles viennent d'elles-mêmes — et au plus vite — rejoindre les leurs à Drancy.

Les dirigeants de l'Ugif, bernés par le haut-commissariat aux Affaires juives, ne s'empressèrent pas d'obéir. Certains d'entre eux furent arrêtés et déportés. Trop tard. Entre le 20 et le 24 juillet 1944, la Gestapo envahit les centres de l'Ugif (Paris et banlieue) et dirigea tous les enfants sur Drancy.

L'un d'eux, le plus âgé, quatorze, peut-être quinze ans, s'échappa grâce à des complicités entretenues avec l'Armée secrète. Il passa en zone libre et gagna clandestinement un maquis du Tarn où les combattants juifs portaient, en brassard, l'écusson bleu et blanc frappé de l'étoile de David.

Le 31 juillet, malheur à ceux qui n'avaient pu s'échapper du camp : trois cents ex-petits pensionnaires de l'Ugif furent entassés dans des wagons à bestiaux et expédiés vers Auschwitz.

Aucun n'en est revenu.

A tout hasard, Charme voulut en apprendre un peu plus sur ce jeune Juif qui réussit à s'enfuir de Drancy. C'était un certain Noé Klotzmann, de nationalité polonaise, dont la famille émigra vers la France en 1938.

Charme s'étonna : Noé c'était presque Noam. Elle y vit un signe. Pourquoi ce Noé rentrait-il aussi subrepticement dans sa vie, dans leur couple ?

Elle persévéra et eut la certitude que ce Klotzmann

était apparenté à la célèbre pianiste Mina Klotzmann, morte à Auschwitz.

Etait-il le fils aîné de l'artiste ? Etait-il son neveu, ou son jeune frère ?

Elle s'obstina. Elle lui trouva une sœur, à moins que ce ne fut une cousine. Hélas, la trace de Milena se perdait deux ou trois jours avant que la Gestapo ne débarque dans les foyers de l'Ugif.

Que valait cette découverte ? Où allait-elle les mener ?

Bien qu'apparu fortuitement, l'événement s'imposait.

Parce que Noam n'arrivait pas à s'imprégner suffisamment du drame pour composer cette rose dédiée aux enfants de l'Ugif, voici que Charme reliait tout à coup le destin des Klotzmann à celui des jumeaux Rosenweig. Et derrière ces faits nouveaux et prémonitoires, se profilait imprévisiblement la haute et chancelante silhouette d'Abraham Seltzer.

Pourtant, au numéro 2, rue des Rosiers, on ne pensait plus du tout au géant polonais. On l'avait même oublié.

Troublé par ce Noé Klotzmann qu'elle ne signalait d'aucune manière dans son livre, Charme continua ses investigations. Cet oubli la tracassait. Elle s'adressa à l'Association des anciens résistants et maquisards du Tarn.

Après quelques hésitations, le président de l'association localisa exactement ce maquis « sioniste », mais il relativisait : « Les combattants, une soixantaine, n'étaient pas tous juifs. »

Sur ses conseils, Charme écrivit à la mairie de Blajas.

On lui répondit. C'était net et précis. On ne pouvait mieux écrire dans le genre faire-part : « En réponse à votre lettre, j'ai l'honneur de vous informer que le corps d'un résistant juif inconnu, fusillé par les Allemands le 12 août 1944, repose au cimetière de la commune. La tombe, un petit monticule, est située à droite du robinet d'eau potable. »

Rien ne prouvait qu'il s'agisse de Noé Klotzmann. Il n'empêche, Charme en avait eu froid dans le dos : s'évader de Drancy le 24 juillet et trouver la mort le 12 août à Blajas lui paraissait une terrible injustice.

Ils ne savaient pas au juste pourquoi il fallait offrir une rose à ce Noé. Etait-ce à cause de son prénom, si proche de Noam ? N'était-ce pas plutôt pour honorer tout particulièrement les Klotzmann : Mina la pianiste, Itzak le joaillier, et Milena la disparue.

Milena Klotzmann les faisait penser à Milena Jesenská, la tumultueuse maîtresse de Franz Kafka.

Intrépide, révoltée, militante engagée, elle fut déportée à Ravensbrück où elle mourut en 1944.

En réalisant la rose baptisée du nom de ce camp, l'obtenteur Michel Kriloff rendait hommage à l'admirable et charitable Milena Jesenská, figure emblématique du courage et du sacrifice féminin face à la monstruosité nazie.

Noam devait beaucoup à Kriloff. Avec sa Ravensbrück, l'obtenteur avait donné un sacré coup de pied dans le Gotha des roses. Et si Kriloff n'avait pas imposé cette Ravensbrück qui conférait une nouvelle noblesse à la profession d'obtenteur, Noam ne se serait sans doute jamais lancé dans cette folle entreprise.

Illuminé, comme possédé, Noam vivait sur les nerfs. Il dormait peu, mangeait trois fois rien, maigrissait à vue d'œil.

En période d'éclosion, il ne quittait quasiment plus la serre et vivait en ermite au presbytère.

Résignée, contrainte, elle aussi, à la solitude forcée, Charme le rejoignait en fin de semaine.

Ça n'avait pas été facile. Ils s'étaient disputés, et même affrontés :

— Je ne peux produire que seul en face de moi-même, avait-il lâché, ajoutant aussitôt : Loin de moi, tu m'inspires. Près de moi, tu m'empêches de respirer !

On aurait dit que la foudre venait de tomber à ses pieds. Elle resta un moment comme pétrifiée, puis demanda :

— Tu veux dire que ma présence te prive d'oxygène ?

— Si tu veux, oui, c'est quelque chose de semblable. Quand tu es là, on dirait même que mes rosiers s'impatientent !

Elle s'écria :

— Tu ne te rends pas compte ! Mais c'est terrible à entendre !

Il essaya de se rattraper :

— C'est terrible quand tu rôdes dans ma serre. C'est magnifique quand je te sais chez nous, à Paris. Alors, tu choisis !

Elle le coupa :

— Ou bien je t'insupporte, ou bien je suis ta muse ! C'est cela, n'est-ce pas ? Il y a peut-être un juste milieu ?

Il s'était justifié plus aimablement :

— Ecoute, c'est un problème métaphysique. Je ne peux pas aimer tout le monde à la fois. Nos héros me dévorent. Ils me bouffent de l'intérieur. Essaie de comprendre, quand tu es là, je ne parviens pas à faire la coupure. Je me dis qu'il faut que j'arrête avant la nuit, que je dois m'occuper de toi, te parler, t'écouter. Et puis la nuit arrive. Et puis les autres me retiennent. Ils m'empêchent de quitter la serre. Et puis je t'imagine impatiente, nerveuse, hostile !

Elle crut voir une lueur de folie dans ses yeux. Il était beau. Hirsute et beau. Il ressemblait à Rimbaud. Il était illuminé. Beau et dérangeant.

Elle dit :

— Plutôt que de me rejeter, ne devrait-on pas collaborer davantage ? Tu bloques sur les enfants de l'Ugif, mais l'Ugif, c'est moi. C'est mon livre, c'est ma vérité, ma version des choses !

Il répondit :

— On a déjà essayé et tu le sais bien. Ensemble nous avons fait un maximum de travail. Nous avons eu des masses de discussions et de réflexions sur les événements et ta façon de les interpréter. Maintenant, c'est à moi de sortir mes tripes. A moi de synthétiser la barbarie des uns et la souffrance des autres. A moi de faire naître l'horreur et le sublime dans le même rosier. Toi, tu as déjà donné !

Et comme il sentait la partie tourner à son avantage, il en remit :

— De toute façon, que tu sois près de moi ou que tu n'y sois pas, tu es chaque jour, chaque minute à mes côtés. Tu es dans les personnages qui m'affolent ou me séduisent. Tu es présente du début du livre à la dernière page, de la première rose à toutes celles qui suivent. Elles ont le goût de ta chair, la couleur de tes pensées.

Ils en étaient restés là, respectant un statu quo délicat, jusqu'au jour où Charme, sur la demande de Noam, fit surgir des archives le fameux Noé Klotzmann.

Etait-il, Noé, ce soldat juif inconnu reposant au cimetière de Blajas ? Etait-il, ce soldat juif inconnu, un autre que Noé ?

Et quelle importance ? Pourquoi s'attachait-on ainsi à lui ? Pourquoi Noam restait-il bloqué sur la rose dédiée aux enfants de l'Ugif faute de mettre un visage, une vie sur ce mort anonyme ?

Charme s'était dit qu'une semaine de détente remettrait Noam sur pied. Pourquoi ne pas se rendre à Blajas à travers les chemins de France et joindre, comme disait Louis, son père, l'utile à l'agréable ?

A sa grande surprise, Noam s'emballa. Il approuva. Ils iraient, les mains libres, sans idées préconçues, ne se préoccupant de rien d'autre que d'eux-mêmes. Un voyage en Amourasie, le pays des illusions sentimentales.

Tous deux convenaient s'être perdus. C'était l'occasion ou jamais de se retrouver. Et pas question, s'il vous plaît, de s'envoyer des roses ou des épines.

On laissa donc le presbytère et la rue des Rosiers, où s'entassaient des kilos et des kilos de documentation et des tonnes de gamberge.

On laissa également les murs à leurs fantômes. Et les poutres à leurs craquements.

On partit en voiture, un 4 × 4 noir prisé par les assoiffés du désert comme par les jardiniers.

Ils évitèrent les autoroutes et les nationales, empruntèrent à regret des départementales faute de pouvoir faire autrement.

Ils mirent quatre jours pour descendre ainsi jusqu'à Albi par des chemins buissonniers.

En trois ans de vie commune ils n'étaient pas allés au-delà de Provins et de la Brie, excepté quelques week-ends où ils cherchaient une maison à leur convenance. Ils s'étaient alors égarés dans l'Oise et le Calvados.

Cette fois, en flânant, ils se redécouvraient et s'épataient d'eux-mêmes. Il était temps. C'est que leur superbe idée, toute cette énergie dépensée, ce talent, cette patience, tout ce savoir consacré à la rue des Rosiers agissait négativement sur le couple.

Passé les premiers temps d'une harmonie toute printanière où ils respiraient la vie d'un même poumon, ils s'étaient ensuite opposés sur bien des points, développant une sorte d'antagonisme latent. Il y eut bien sûr à résoudre cette crise d'identité qui faisait de Noam un être fabuleux, une sorte d'hydre à deux têtes que Charme façonnait et domestiquait selon ses choix et ses obsessions.

Décapité de ce surplus de têtes, ayant aidé lui-même à la décollation, Noam put dès lors s'installer rue des Rosiers sous la protection d'un des jumeaux avec lequel on le croyait apparenté.

Pour Noam l'aventure était intéressante à mener. N'était-il pas déjà persuadé d'appartenir à un autre milieu que le sien ? Qu'avait-il de commun avec Raymond Verner, son soi-disant père ? Alors, à force de s'inventer d'autres naissances, il y crut. Et l'intuition devint bientôt certitude. Il faut dire que Charme l'avait sérieusement influencé. Aussi sincère qu'habile, en quelques mois, elle fit de ce Noam Verner un Noam Rosenweig apte à exercer son activité d'obtenteur génial à partir de l'ouvrage qu'elle consacrait à la rue des Rosiers.

Les frictions, les malentendus ne portaient ni sur le talent de l'un ou de l'autre, ni sur l'interprétation que faisait Noam de ses lectures. Bien au contraire, Charme se désolait des états d'âme qui en résultaient. Elle reprochait à Noam de trop prendre sur lui et de s'en rendre malade. Pis, il se détachait d'elle pour s'attacher aux personnages qu'elle décrivait dans son ouvrage.

Intelligente, hypersensible, Charme se démenait entre ce qu'elle considérait comme flatteur à son égard et cette sorte de jalousie qu'elle éprouvait face à l'intérêt démesuré qu'il portait à ses héros.

Mois après mois, Noam avait fini par s'abstraire de la réalité jusqu'à négliger sa compagne. Dire qu'il était indifférent ou mal intentionné envers elle serait mentir. Plus vrai serait d'affirmer qu'il perdait toute notion du temps et ne parvenait plus à le partager entre la vie passée et la vie présente, entre la vie livresque et la vie courante. Comment quitter la brutalité, le crime, l'horreur, et faire bonne mine dans son confort douillet ? Comment abandonner ses noires créations, ses rosiers de tombeau aux fleurs jaillissantes, pareilles à des geysers de sang ? Comment laisser en plan travail et réflexion à cause d'une heure convenue et respectée par le plus grand nombre ? Comment passer d'une humeur ténébreuse à une humeur de bon aloi ? Comment sourire et plaisanter quand on côtoie le funèbre toute la journée ? Il n'y a que les croque-morts, les médecins légistes, les chirurgiens, les infirmières, les pompiers, les gendarmes pour se détacher à heure fixe de leur métier à risques et se transformer, comme par enchantement, en M., en Mme tout-le-monde.

L'écrivain, l'artiste est habité par son sujet. Il vit avec lui, il l'emmène au restaurant, au cinéma. Tous deux dorment ensemble. Quand l'écrivain prend sa femme et la serre dans ses bras, quand il lui fait l'amour, le sujet est aussi de la partie.

Quitter cet autre moi est aussi dramatique que de divorcer de sa femme. On est en deuil. On est veuf de lui.

A plusieurs reprises, Noam tenta d'expliquer la situation à Charme. Elle fit semblant de comprendre. Et puis rien ne changea.

On se querella. On fit la grimace. On essaya un nouveau mode de vie.

Noam s'absenta un jour sur deux. Le trajet du retour l'aidait à faire la coupure.

Ils se retrouvaient avec bonheur. Ils s'aimaient. Ils se le disaient. Ils étaient faits l'un pour l'autre.

Et ça recommençait invariablement à cause de ce sujet qui appartenait à Charme et qui habitait Noam.

Dans l'absolu, l'association était parfaite. Dans la pratique, elle faisait grincer les cœurs.

Les choses se gâtèrent vraiment quand Noam décida d'abandonner la rue des Rosiers pour Provins. Là, rien n'allait plus. On frisait quotidiennement la rupture au téléphone. On se réconciliait à coup de messages passés par fax ou par e-mail. Ça prenait du temps. Ça ne faisait pas vraiment sérieux.

Le voyage à Brajas tombait à pic. C'était même à se demander si Noé Klotzmann, sur la tombe duquel les deux amants se penchaient maintenant, n'avait pas été fusillé en 1944 pour sauver *in extremis* du naufrage leur amour extraordinaire.

Ils restèrent longtemps, immobiles, main dans la main, à contempler la bosse de terre que la mairie avait tout récemment désherbée et fleurie d'un bouquet de pâquerettes.

Ils étaient pris par l'émotion. Leurs doigts s'accrochaient, leurs cœurs battaient plus vite qu'à l'ordinaire.

L'incroyable, c'est qu'ils ne savaient pas pourquoi ils étaient là, devant cette tombe, ni même si cette tombe contenait la dépouille de Noé Klotzmann.

En dehors d'un prénom aux racines identiques, quel rapport existait-il entre Noé et Noam ? Quelle relation pouvait-on établir entre ce Noé, fusillé à quinze ans, et les jumeaux Rosenweig, à peine âgés de trois ans, à supposer qu'ils fussent encore vivants ?

Quelque chose, quelqu'un les avait pourtant guidés jusqu'à Brajas. Ils y voyaient un signe, mais pas forcément un signe du destin. Plutôt un geste, un besoin de reconnaissance, comme si ce résistant juif inconnu désirait sortir de l'anonymat et faire savoir qu'ici, durant l'Occupation, de jeunes sionistes s'étaient battus contre les nazis.

A Brajas ils n'apprirent rien d'autre que ce qu'ils ressentaient maintenant avec certitude. Ils tenaient une piste, certes, mais cette piste ne menait qu'en eux-mêmes : c'était celle d'une nouvelle vie.

Quittant Brajas pour Albi où la préfecture lui ouvrait ses archives, Charme prit un air désinvolte et dit :

— Tu n'envisagerais pas de te marier, des fois ?

Il faillit mordre l'accotement non stabilisé et répondit en riant :

— Me marier, mais avec qui ?

Elle dit :

— Tu fais le goujat, Noam !

Il arrêta carrément la jeep et la regarda. Elle paraissait normale.

Il demanda :

— Tu ne parles pas sérieusement, j'espère ?

Le « j'espère » ne lui plut guère mais elle ne le montra pas :

— Très sérieusement. Et si ça te déplaît de partager l'appartement de la rue des Rosiers avec ta femme, je te laisserai vivre à Provins.

Il dit :

— N'est-ce pas ce que nous pratiquons déjà ? Alors pourquoi passer devant le maire ?

— Pourquoi ? répondit-elle, mais pour entériner une situation qui est en soi un motif de divorce.

Il fit comme s'il ne comprenait pas.

Elle confia :

— Vois-tu Noam, je ne connais pas un seul homme au monde qui trompe sa femme avec des roses. L'idée est belle et il me plairait d'être officiellement cocufiée de la sorte !

Un sourire éclaira son beau visage hirsute. Elle lui trouva un air biblique. Il faisait de plus en plus juif.

Il dit :

— Ce qui me gêne dans le mariage, c'est la famille.

Elle dit :

— De mon côté, tu es tranquille, tout le monde est mort.

— Il ne s'agit pas de toi. Mais imagine un peu Raymond, Ginette, Marcel, Marceline, les oncles et les tantes, les cousins, les neveux, tous ces Verner ! C'est une tribu, une smala. Je n'ai aucune envie de les voir débarquer à la mairie.

Elle le coupa :

— Voyons Noam, pourquoi les Verner viendraient-ils à notre mariage, ils n'ont plus rien à voir avec toi.

Il parut contrarié et dit :

— Tu oublies Raymond, qui te dit qu'il n'est pas Elie ou David ? Qui te dit qu'il n'a pas été caché à la bastide du Fortin ? Qui te dit qu'il n'a pas été placé dans une famille d'adoption où il n'a jamais eu vent de sa judaïté ?

Elle ne releva pas et préféra s'en tenir au mariage.

Elle dit :

— On va faire une fête à tout casser. On invitera plein d'amis.

Il remit la jeep en route et se moqua gentiment :

— Des amis ! Quels amis ? Nous n'en avons pas un seul. Nous ne fréquentons que des fantômes.

Il lit le regret dans ses yeux.

Elle dit :

— Il y a Rachel.

— C'est bien la seule !

— Tu ne l'aimes pas ?

— Je l'adore, c'est une fille en or. J'ai même failli la draguer.

— Je m'en souviens. Tu es resté un moment à l'étalage, là où elle dispose ses livres d'occasion. Tu faisais semblant de m'observer dans le reflet de la vitrine mais, en réalité, tu matais ma copine !

Il approuva :

— C'est vrai, elle me plaisait.

— Et maintenant ?

— Elle me plaît toujours. En plus, ça doit être une affaire !

Elle le réprimanda gentiment :

— Parler d'une « affaire » à propos de Rachel, ça n'est pas digne de toi.

Il répondit :

— Je ne suis pas contre la formule, c'est une expression de macho et elle dit bien ce qu'elle veut dire.

Ils roulèrent quelques minutes en silence. Elle posa la main sur sa cuisse et la remonta lentement.

Elle dit :

— Ça aussi c'est une affaire, et pour parler franchement je commençais à en douter.

Il dit :

— Si on s'arrêtait dans la forêt ?

— Tais-toi, tu me fais rougir.

Il s'engagea dans un chemin creux et répondit, taquin :

— Rougir comme une rose, il n'y a rien de mieux pour une femme d'obtenteur.

Elle avait effectivement le feu aux joues.

Alors, il bascula le siège de sa passagère en position horizontale.

Entre Brajas et Albi, une soixantaine de kilomètres, ils renouvelèrent deux fois l'exploit. C'était la forme, une parfaite conjugaison entre sexe et tendresse.

Peu avant Albi, elle reparla du mariage :

— D'accord, nous n'avons pas une foule d'amis, mais rien ne m'empêche d'inviter toute la rue des Rosiers à la noce. Tu vois d'ici la fête ! On mélangerait les goys, les Ashkénazes, les Séfarades. On servirait des cornichons russes, de la carpe farcie, du foie haché, des harengs gras, des bricks à l'œuf, du couscous poisson, des strudels.

Elle l'observait.

Il souriait, il semblait d'accord.

Il dit :

— Ecoute, ça demande réflexion. On en reparlera !

Il n'avait pas tort.

L'un et l'autre savaient qu'on ne peut accaparer la vie selon le calendrier de ses exigences et de son emploi du temps. Sur ce mode-là, on se brûle les ailes plus souvent qu'on ne se les lisse. C'est que la vie est une source ininterrompue de consternation et d'éblouissement, d'embûches, d'embuscades, de guet-apens. Comment, dès lors, commander à la vie tel ou tel événement, telle ou telle satisfaction, quand celle-ci propose à tout moment des parties de roulette russe ?

Il avait suffi de quelques instants à Charme pour comprendre que le mariage n'était plus de saison.

Ils étaient là, tous les deux, à consulter les archives de la préfecture quand ils tombèrent incidemment sur un article de presse daté du 19 mars 1942. Le papier était bien antérieur à la formation du maquis juif. Il signalait cependant l'arrestation par la Milice locale d'un terroriste d'origine polonaise nommé Abraham Seltzer. On suspectait celui-ci d'appartenir au réseau Moï et d'avoir fomenté un attentat anti-allemand en plein Paris.

Charme avait bien du mal à se détacher de la photo qui illustrait l'article. Elle montrait un visage mal rasé aux joues creusées, au regard torve et fuyant.

Elle avait vu ces mêmes visages d'assassins dans une exposition consacrée au groupe Manoukian où figuraient des affiches placardées dans le métro par les Allemands.

Ils ne s'attendaient pas à pareil choc. Ils restaient sans dire un mot, comme assommés par cette espèce de fatalité qui les ramenait vers le géant polonais. Cette quête instinctive menée autour de Noé Klotzmann n'apprenait rien de nouveau sur le jeune évadé de Drancy. Etrangement, et on ne réalisait pas encore s'il s'agissait d'une providence ou d'un funeste présage, elle aboutissait aux jumeaux Rosenweig à travers l'énigmatique et invisible géant polonais.

Mais que faisait donc celui-ci dans le Tarn au printemps de l'année 1942 ?

Une réminiscence vint alors frapper Charme. N'avait-il pas confié à Manon, sa grand-mère, qui lui servait un troisième verre de calva : « Vous vous étonnez de mon français, eh bien sachez que je l'ai appris à Albi ! »

Combien de temps y était-il resté ? Pourquoi s'être réfugié à Albi ? Avait-il tué des Allemands dans Paris ? Quand l'avait-on déporté à Auschwitz et dans quel état ?

Elle calculait. Elle supposait qu'il était déjà au camp dans les mois qui précédèrent la rafle du Vel d'Hiv et l'arrivée des Rosenweig.

La rentrée sur Paris fut sinistrement rapide. Adieu les chemins de traverse et les vicinales. On attrapa l'autoroute au plus vite, et on fonça sur la capitale en un peu moins de huit heures.

Le moral n'y était plus.

Ils avaient travaillé dur pour oublier Seltzer.

A force, et comme la visite qu'il annonçait imminente tardait et s'annulait avec le temps, ils avaient repris une vie normale.

Ce ne fut pas facile. Ils durent chasser les doutes qui s'étaient glissés en eux et assurer au mieux leur personnalité face à celle des jumeaux qui ne cessaient de les hanter.

Presque deux ans déjà, exactement vingt-deux mois que la lettre adressée de Varsovie à la famille Delestaing était parvenue à Charme.

Rien depuis, juste un long silence de mort qui avait amené les deux jeunes gens à enterrer Abraham Seltzer. C'était mieux comme cela. On fuyait les révélations et leurs probables conséquences.

Et voici que ce satané géant surgissait à nouveau et se rappelait à leur bon souvenir.

De retour à Paris, ils n'arrivaient pas à s'en débarrasser. Seltzer était présent parmi eux, en photo et en pensée. Il s'asseyait à leur table, se couchait dans leur lit.

On n'osait plus parler d'avenir. On sc faisait discret. On avançait sur la pointe des pieds.

On ne savait pas vraiment ni quoi, ni comment, ni où, ni quand, mais on s'attendait à quelque chose...

Chapitre IX

Cela faisait près d'un demi-siècle qu'Abraham n'était pas revenu dans le Marais. Il ne reconnaissait pas le quartier.

Aux pelleteries, aux dépôts de gros, aux entreprises familiales qui essayaient de redémarrer, aux magasins d'alimentation d'aspect vieillot, à cette désuétude, à cette nonchalance, à cette morosité ambiante s'étaient substitués des cafés Internet, des bars à vin, des restaurants branchés, des galeries d'art moderne, des boutiques de haute couture, des étalages aguichants. Toute une vitalité, une effervescence qui changeaient le ton et l'allure du Marais.

Les commerçants, les gens avaient évolué, rajeuni, à croire qu'ils s'étaient modifiés et dépoussiérés avec le ravalement des immeubles et la réfection des magasins.

Déconcerté, se repérant avec difficulté, Abraham Seltzer fit arrêter son taxi à l'angle de la rue Vieille-du-Temple et du 35, rue des Rosiers.

Des clients qui sortaient du restaurant Equinoxe se retournèrent sur lui.

Malgré son âge avancé, le géant impressionnait

encore. A quatre-vingt-huit ans, il se tenait légèrement voûté. Ça ne l'empêchait pas de dépasser tout le monde de deux bonnes têtes.

Sa stature, son accoutrement inquiétaient.

Il devait faire 25 degrés en cette fin d'après-midi de juin. Dans la rue, on se baladait en tee-shirt, en bras de chemise, en robe légère, en minijupe.

Seuls les religieux conservaient leur kaftan et leurs sous-vêtements de cotonnade aux effluves de sueur et de cierge fondu.

C'était déjà l'été.

Quelque chose pourtant déroutait les promeneurs...

La guerre, les camps, souvenirs lointains et douloureux, semblaient soudain remonter la rue sous les traits d'un rescapé.

Et la rue entière s'immobilisait sur le passage de l'étrange bonhomme vêtu d'une longue pelisse noire élimée.

Pas un mot, pas une réflexion ne perturbaient l'avancée silencieuse du revenant.

La silhouette, la pelisse étonnaient moins peut-être que le bas du pantalon.

Tous, ici, dans cette rue des Rosiers, gardaient en mémoire ces sinistres pyjamas qu'endossaient les déportés quand ils n'étaient pas exterminés dès l'arrivée des convois.

Le géant marchait avec difficulté. Il traînait un peu la patte et semblait frigorifié.

Autre chose intriguait. Le géant s'embarrassait d'un long sac caoutchouté à ouverture latérale. Il paraissait vide, ou presque. Enfin, pas tout à fait, car on entendait des cliquetis, des chocs de ferraille à chaque pas.

Imperturbable, hors du temps, l'étranger remontait la rue.

Parvenu devant le numéro 26, il hésita un instant, puis s'approcha de la vitrine où voisinaient livres et objets de culte.

Tout en examinant les titres exposés, il cherchait à voir l'intérieur de la librairie. Une petite bonne femme allait vivement d'un lecteur à l'autre. Les uns feuilletaient les derniers romans parus. D'autres, des essais, des ouvrages religieux et philosophiques. Tous traitaient du judaïsme.

Rachel, qui bavardait avec un client, suivait des yeux l'étrange vieillard.

Brusquement, elle se libéra et s'avança vers la porte grande ouverte. L'homme lui rappelait quelqu'un de familier. Elle ne l'avait pourtant jamais vu.

Il hésitait. Devait-il continuer vers le numéro 2 ou se renseigner auprès de la jeune femme ?

Pourquoi l'observait-elle ainsi ?

Il se décida.

En entrant, il la frôla.

Elle sentit comme un courant d'air frais et sursauta.

Saisie d'une prémonition subite, elle recula et se réfugia derrière sa caisse.

La chaise haute lui procurait un semblant d'assurance.

Elle n'osait prêter attention à l'étrange bonhomme. A quoi bon ? Elle l'avait reconnu. Il correspondait exactement à la description que Charme tenait de ses grands-parents. Bien sûr, les années étaient passées. Et avec les années étaient venus les rides, les ravages de la vieillesse.

Elle était secouée. Devait-elle prévenir son amie ? Pourquoi était-il entré dans la librairie ? Que portait-il dans ce drôle de sac qui lui pendait à l'épaule ? Où en avait-elle vu de semblables ?

Le géant paraissait aussi gêné qu'elle. Tout en feuilletant le Talmud, un album grand format traduit par le rabbin Adin Steinsaltz, il la lorgnait par en dessous.

C'était intimidant. Mieux valait en avoir le cœur net. Elle toussa.

Il tourna la tête vers elle.

Il en imposait vraiment.

Alors elle bafouilla :

— Excusez-moi, est-ce que je peux faire quelque chose pour vous ?

Il la toisa de toute sa hauteur et dit :

— Oui, je crois. Je voudrais des renseignements sur la famille Delestaing. Dans le temps, ils habitaient au numéro 2. Seulement voilà, c'était dans le temps. Et le temps n'est plus le même. Voyez-vous, mademoiselle, je vous parle des années cinquante, et je ne souhaite pas me tromper ni de gens, ni d'époque.

Rachel fit un effort énorme et se leva. Ses jambes la tenaient à peine. Elle dit :

— Laissez-moi fermer la boutique. On sera plus tranquilles pour causer.

Elle poussa gentiment dehors quelques habitués et revint s'asseoir. Elle dit :

— Je sais qui vous êtes. Vous recherchez les jumeaux Rosenweig ?

Sans marquer le moindre étonnement, il dit :

— En réalité, je ne les recherche plus. Je viens les chercher.

Blême, Rachel le fixa de ses grands yeux noirs qui papillonnaient anormalement.

Elle murmura :

— Je vais prévenir Charme, alors !

— Charme ? interrogea le géant, c'est la fille de Charles et de Manon ?

— Oh non, c'est leur petite-fille, ma meilleure amie. Ses grands-parents sont morts. Ses parents aussi d'ailleurs. De la famille Deslestaing il ne reste qu'elle.

Rachel soupira et ajouta :

— Si vous saviez comme elle vous attend !

Il sembla satisfait et demanda :

— Habite-t-elle toujours le trois pièces de Chaïm Rosenweig et le deux pièces de Rosa Zelasny ?

— Oui, elle n'a pas osé déménager. Et c'est tant mieux, car Noam est revenu. Maintenant ils habitent ensemble.

Le géant demanda :

— Noam ! Quel Noam ?

Elle ne sut quoi répondre.

L'interrogation d'Abraham Seltzer confortait son intuition. Noam n'était sans doute pas le bon jumeau.

Rachel se disait que l'heure de vérité allait bientôt sonner au 2, rue des Rosiers. Elle avait de la peine pour Charme.

Elle en était là de ses suppositions quand le géant, d'une voix tout à fait naturelle, demanda une chose tout à fait saugrenue :

— Savez-vous si votre amie Charme dispose d'une échelle ?

Il désigna le grand escabeau appuyé contre un rayonnage et ajouta :

— Dans le cas contraire, me prêteriez-vous celui-ci ?

Cette fois, c'en était trop. Rachel sentit ses jambes la lâcher. Elle se retint un moment à la caisse. Les yeux révulsés, elle s'affaissa mollement à terre.

Chapitre X

Il était arrivé chez les Delestaing avec l'échelle de la libraire et son drôle de sac, une housse souple dans laquelle on dispose généralement des débris humains.

Rachel fit les présentations. C'était maladroit, tendu.

L'ambiance pesante préfigurait la catastrophe.

Durant un temps assez long, tous se regardèrent en essayant de comprendre ce qui allait arriver.

Au bout d'un moment, le géant polonais rompit le silence et flatta Charme :

— Vous êtes aussi jolie que votre grand-mère.

Elle s'entendit le remercier du compliment. C'était stupide, déplacé.

Le compliment fut suivi d'une demande :

— Il ne vous resterait pas un fond de calva, des fois ?

Charme s'y attendait. Elle avait préparé la bouteille peu après avoir reçu la lettre.

Elle mit des verres sur un plateau et posa le tout sur la table.

Noam prit la bouteille et remplit les quatre verres. Il regarda le vieillard et proposa :

— Serait-il déplacé de trinquer ?

— Pas du tout, répliqua le géant.

— Alors trinquons, dit Charme, en avançant son verre contre celui d'Abraham Seltzer.

Les tintements détendirent un peu l'atmosphère.

Le géant but cul sec en claquant la langue, puis il poussa à nouveau son verre vers la bouteille.

A la troisième tournée, quelque peu réchauffé, il dit :

— Vous savez pourquoi je suis ici, n'est-ce pas ?

Ils le pressentaient, mais ils n'osaient encore y croire. C'était trop horrible.

Ils ne répondirent pas et se contentèrent de hocher la tête.

— En réalité, reprit Seltzer de son fort accent polonais, quand Chaïm et Sarah Rosenweig furent arrêtés, les jumeaux étaient chez Mme Zelasny.

Du geste il désigna le couloir qui menait dans l'ex-deux pièces de Rosa et poursuivit :

— Après la rafle, désemparée, ne sachant que faire, Rosa aménagea une cache dans la soupente, quelque chose d'étroit et de ouaté, avec juste assez d'aération pour permettre à des bébés de subsister quarante-huit heures.

Au moindre bruit suspect, un grincement dans l'escalier, un pas dans la cour, elle y cachait Elie et David.

Environ une semaine après la rafle du Vel d'Hiv, elle reçut un message de Chaïm. Un mot écrit de Drancy l'adjurant de tout faire pour protéger les jumeaux. Il promettait une récompense conséquente et lui indiquait qu'il dissimulait une centaine de pièces d'or dans la tringle de cuivre qui ornait sa cuisinière.

Charme et Rachel se tenaient par la main. Défigurées, elles écoutaient le géant disposer ses mots sur le puzzle qu'elles n'avaient jamais réussi à compléter.

Le géant frissonnait. Il demanda un autre verre et poursuivit :

— Rosa compta les pièces et les remit dans la tringle. Il y en avait pour une petite fortune. Ça lui permettait de voir venir et de placer les jumeaux chez sa sœur, à Pontoise. Malheureusement, vous devinez la suite. Perla refusa d'héberger les jumeaux sous prétexte que son mari collaborait avec les Allemands. Evidemment, elle n'avait pas tort. Quelque temps plus tard, il dénonçait Rosa comme juive. Elle était prétendument munie d'un faux certificat de baptême.

Seltzer parlait d'une voix froide où ne perçait pas la moindre émotion.

Côté tragédie, il était blindé. Ça ne l'empêchait pas de s'exprimer avec sensibilité. Il continua :

— Quand on vint arrêter Rosa, les jumeaux dormaient dans la soupente. Rosa ne résista pas. De peur qu'on ne découvre les enfants, elle suivit immédiatement les agents de la Gestapo. Croisant une voisine qui habitait le rez-de-chaussée, elle lui cria : « Prévenez ma sœur. Dites-lui que les Boches m'embarquent ! Dites-lui qu'elle vienne couper le gaz et l'électricité ! Dites-lui bien que c'est urgent ! »

Rosa se méfiait de la femme. C'était une garce. Mais elle n'avait pas le choix. Il n'y avait personne d'autre dans l'immeuble.

Le cœur serré, mal à l'aise, Noam écoutait les explications du géant. Il perdait peu à peu contenance. D'ici quelques minutes, il allait retourner au néant, tout juste bon à finir ses jours chez les Verner ou à reprendre du service chez les Roux.

Désappointé, il cherchait tristement le regard de Charme. Et quand il réussissait à l'accrocher, il avait l'impression qu'elle se dérobait.

Pour donner le change, Noam resservit un calva au Polonais. Celui-ci remercia. Il avait froid. Ça le réconfortait.

Il but d'un trait et poursuivit :

— Perla accourut aussitôt. Elle le faisait pour sa sœur, pour les jumeaux qu'il fallait nourrir. Elle le faisait aussi dans son propre intérêt, car Rosa lui avait parlé de la petite fortune laissée par les Rosenweig. Perla n'était pas si mauvaise qu'on le croyait. Elle s'occupait bien des petits. Elle restait même la nuit, craignant qu'ils se mettent à hurler.

Bien sûr, Perla se récompensait largement. Grâce aux pièces d'or, elle s'achetait des vêtements de luxe, une rareté pour l'époque. Des vêtements mais aussi des chaussures à semelles de cuir, des bijoux, des fanfreluches, toutes sortes de choses qui se négociaient au marché noir.

Un jour, enfin de retour à Pontoise, son collabo de mari la dérouilla sévèrement. Il voulait apprendre d'où elle tenait ces habits, d'où elle tirait son argent.

Battue comme plâtre, elle mentit pour sauver les enfants. C'était courageux, très courageux. Elle avoua des amants : de riches industriels, des hommes d'affaire...

Fou de colère, le mari la tabassa à mort et l'enferma au sous-sol du pavillon.

Bâillonnée la plupart du temps, elle n'était libérée qu'en sa présence. Encore veillait-il à ce qu'elle ne puisse s'échapper de la maison.

Abraham Seltzer s'efforçait de juguler la crise. Sa longue carcasse tremblotait sans discontinuer.

C'était impressionnant. Il s'excusa et continua avec difficulté :

— Naturellement, Perla pensait toujours aux jumeaux. Elle se disait qu'ils étaient probablement à l'abri. Avec un peu de chance, les Allemands avaient libéré Rosa. Qui sait si les Rosenweig n'étaient pas revenus de Drancy ? Au pire, la voisine du rez-de-chaussée les avait entendus chialer. Peut-être les avait-elle recueillis. Peut-être les avait-elle dénoncés...

Seltzer se leva tout à coup. Il y eut un bruit de chaise repoussée, des piétinements.

Tout le monde maintenant était debout, sur le qui-vive.

Le géant battit des bras pour se réchauffer. Quand il se sentit mieux, il attrapa l'échelle et gagna la pièce mansardée. Il la dressa contre une poutre et grimpa trois barreaux. Ça suffisait. Il était à la bonne hauteur. Il demanda :

— Passez-moi les outils, s'il vous plaît.

Noam ouvrit le sac. Il tremblait autant que le géant. Le froid n'y était pour rien.

Il en sortit un pied-de-biche et un marteau :

— Laissez-moi faire, dit-il au vieil homme.

— On verra ça tout à l'heure, répondit le Polonais, en ajoutant aussitôt :

— Vous savez, ça n'est pas la première fois que je démolis ce genre de cachettes. Elles sont toutes fabriquées de la même manière. On doit d'abord arracher le papier peint. Ensuite, on devrait apercevoir la trappe par laquelle on accède à la soupente.

Il se tourna vers Charme et demanda soudain :

— Est-ce vous qui avez tapissé cette pièce ?

— Je n'ai touché à rien, répondit Charme.

— C'est votre père, alors.

— C'est possible, à moins que le papier n'ait été posé par mon grand-père.

— Que ce soit l'un ou l'autre, marmonna le géant, la trappe, même parfaitement refermée, se voyait à l'œil nu. Ils n'étaient vraiment pas curieux, vos parents !

La réflexion blessa Charme. Heureusement, Rachel la tenait toujours par la main.

Quand le contour de la trappe apparut sous le papier peint, Rachel dut la soutenir.

C'était terrible ! Les murs recommençaient à gémir. Charme entendait des pleurs, des cris.

Les premiers coups de marteau la frappèrent au plexus. On aurait dit qu'on lui défonçait l'estomac.

La crise était passée.

Le géant travaillait vite. Du plâtre, des gravats tombèrent. Il lâcha le marteau pour le pied de biche. Il engagea celui-ci dans l'étroite fente et appuya sur le levier. Il y eut un craquement, un couinement de gonds rouillés et la trappe bascula de l'autre côté.

— Passez-moi la torche, demanda le Polonais.

Il prit lentement la torche que lui passait Noam et dirigea le faisceau à l'intérieur de la cavité.

Un silence pesant accompagnait tous ses gestes.

Charme avait arrêté de pleurer. Tous regardaient le vieil homme perché sur l'échelle de la libraire. Et tous attendaient, souffle coupé, un commentaire de sa part.

Au bout d'un moment, le géant descendit de l'échelle. Il paraissait véritablement bouleversé.

Il regarda Noam et dit :

— Je suis trop grand pour rentrer dans ce réduit. C'est à vous d'y aller maintenant !

Charme rassembla ses forces et murmura :

— Vous avez vu quelque chose ?

— Sincèrement, je ne comprends pas, répondit le géant d'une voix fatiguée, je n'ai aperçu qu'un seul des deux petits.

Noam monta à son tour.

Au moment où il s'apprêtait à pénétrer dans la cache, le vieil homme prit le sac et dit :

— S'il vous plaît, attrapez ça et placez-y le corps avec soin.

Noam éclaira le réduit et se faufila à l'intérieur.

Il n'y avait en effet qu'un seul petit corps momifié dans sa barboteuse en lambeaux.

Le crâne était lisse, les orbites bien nettoyées.

Détaché du corps, le squelette du bras droit reposait sur le côté. On pouvait compter les phalanges des doigts. C'était net.

Noam étala le sac et déposa l'enfant à l'intérieur.

Etait-ce Elie ? Etait-ce David ?

Seltzer attendait au pied de l'échelle. Il prit délicatement la housse des mains de Noam et dit :

— Je n'avais pas prévu cette fin. C'est mieux comme ça. Il nous reste un jumeau quelque part. Chaïm doit être rudement content...

— Est-il vivant ? demanda Rachel.

— Bien sûr qu'il est vivant ! s'écria Charme, soudainement délivrée.

— Donnons-le pour vivant, trancha Abraham Seltzer. Que ferions-nous sans espoir ? Que ferions-nous sans y croire ?

Penché sur la dépouille du bébé Rosenweig, Noam pensait à la rose qu'il allait lui dédier.

Elle devrait dégager ce parfum suranné des momies, une senteur de sous-bois. Elle s'ornerait de pétales parcheminés, d'une corolle translucide. Elle aurait la couleur ivoire du jeune squelette.

Charme n'osait pas regarder.

Le géant enroula les restes du bébé dans une couverture et tira d'un geste sec sur le zip de la housse.

Elle eut l'impression que le crissement de la fermeture Eclair lui déchirait l'épiderme.

Sans mot dire, Abraham Seltzer prit le petit dans ses bras. On le sentait impatient de partir.

— Où l'emmenez-vous ? demanda Charme.

Elle aperçut une lueur chaleureuse dans ses yeux.

Il répondit :

— Mais dans mon propre caveau, mademoiselle.

Comme elle le regardait, incrédule, il précisa :

— J'ai acheté une concession du côté d'Albi. C'est un endroit que je connais bien. C'est là que je les enterre. Et ils sont déjà nombreux, vous savez !

— A Brajas ? demanda Noam.

— Permettez-moi de garder l'endroit secret. Il sied au recueillement. Et je vous inviterai quand je ne serai plus de ce monde.

Il éclata d'un rire franc et s'avança vers la porte, que Noam lui ouvrait.

Une question brûlait les lèvres de l'obtenteur. Il la posa :

— Pour l'appartement, que faisons-nous ?

Comme le géant semblait ne pas comprendre, il ajouta :

— Peut-on y rester, ou doit-on vous l'acheter ?

— L'acheter ! lança le Polonais, mais pourquoi donc ? Il est à vous.

— A moi ? murmura Noam, profondément troublé.

— Mais oui, maintenant vous êtes l'unique propriétaire.

Le géant s'engagea dans les escaliers et se retourna tout à coup.

Ils étaient là tous les trois à le regarder.

Il dit à Noam :

— Vous m'obligeriez en ramenant l'échelle à la librairie !

Il eut un geste pour Rachel. Quelque chose qui voulait tout dire. Ça dépendait comment on le prenait.

Ils l'entendirent descendre d'un pas lourd. Il s'arrêtait. Il soufflait. Il repartait.

Ils allèrent à la fenêtre.

En bas, la rue des Rosiers était joyeuse. Il faisait beau et chaud. Les terrasses affichaient complet.

Abraham Seltzer s'arrêta sous le porche. Il regarda sa montre et attendit.

Le taxi était à l'heure. Il fendait avec peine la foule des piétons. Pour finir, il se gara en double file.

D'en haut, ils virent le chauffeur sortir et ouvrir son coffre.

Seltzer refusa d'y loger son paquet. Il ouvrit la portière, se courba un peu plus que d'ordinaire et disposa précautionneusement le cercueil de plastique sur la banquette arrière.

Impatients, des automobilistes klaxonnaient. D'autres lâchaient des plaisanteries. C'était plutôt bon enfant. Des jeunes tapaient en rythme sur les carrosseries.

D'en haut, la rue paraissait noire de monde, à croire que les vivants et les morts s'en allaient ensemble, bras dessus bras dessous, vers de mystérieuses fêtes.

D'en bas montaient des rires, des murmures, des musiques plein tube, des roucoulades de portables. On entendait des accents pied-noir, le crépitement des Mobylettes, des mots d'amour criés à voix haute, les appels déchirants d'une yiddish mama qui cherchait son gosse.

D'en haut, on aperçut le taxi s'engager rue Vieille-du-Temple et disparaître à jamais.

De la synagogue de la rue Pavée monta alors la prière du kaddish, le chant des morts.

C'étaient les bruits de la rue, la rumeur de la vie...

Du même auteur :
(principaux ouvrages)

AUX ÉDITIONS DU ROCHER

Le Pavillon des Affreux
Rue des Rosiers
On a retrouvé David (*Rue des Rosiers* tome II)

AUX ÉDITIONS JEAN-CLAUDE LATTÈS

Le Lama bleu (prix Wizo)
Le Septième Ciel
Marches et Rêves
Hôtel Sahara
Le Voleur de hasards
Le Dieu des papillons

AUX ÉDITIONS ROBERT LAFFONT

Le Têtard
Les Transsibériennes
Rue des Mamours
La Baleine blanche
Fou de la marche

AUX ÉDITIONS JULLIARD

Le Rat d'Amérique
Les Passagers du « Sidi Brahim »

AUX ÉDITIONS DENOËL

Qui vive !
Mémoires d'un amnésique

AUX ÉDITIONS PLON

La Horde d'or
Le Chant du voyage
N'oublie jamais qui nous sommes
Imagine la Terre promise

AUX ÉDITIONS RAMSAY

Le Raja
Le Fils de l'Himalaya

Composition réalisée par JOUVE

IMPRIMÉ EN ESPAGNE PAR LIBERDUPLEX
Barcelone
dépôt légal éditeur : 40295-01/2004
LIBRAIRIE GÉNÉRALE FRANÇAISE - 43, quai de Grenelle - 75015 Paris.
ISBN : 2 - 253 - 06701 - 6

30/3027/7